아침 시

아침 詩시

나를
깨우는
매일
오 분

오민석 지음

살림

아침을 여는 매혹의 시

매일 아침 반복되는 일상을 시작하기 전에 시를 한 편 읽으면 어떨까. 우리를 클리셰(cliche, 상투성)에서 벗어나게 만드는 매혹의 언어와 생각에 5분을 투자하면 어떨까. 이 책에 실린 시들은 모두 「중앙일보」의 '시가 있는 아침'에 연재되었던 것들이니 사실상 독자들이 아침마다 읽었던 것들이다. 각 시에 붙인 해설은 원래 발표되었던 것에 연재 당시에는 실을 수 없었던 시에 대한 독자들의 반응을 녹여 완성도를 더했다. 말하자면 독자들은 신문에서 본 것의 '곱배기' 해설을 이 책에서 만나게 되는 셈이다.

그간 수많은 독자들로부터 분에 넘치는 찬사를 들어왔다. 말하자면 독자들은 시의 언어에 '매혹'되었던 것인데, 멀티미디어의 다양한 자극에 지친 '불감(不感)'의 시대에 이런 현상은 그 자체 충격이었다. 모리스 블랑쇼는 글쓰기란 "언어를 매혹 아래 두는 것"이라고 했거니와, 시는 그 모든 언어 중에서도 가장 매혹적인 언어에 틀림없다. 시는 세계와의 교감에서 시작되지만 세계와는 '다른 세계'를 구성한다. 그것은 원료인 세계에 다른 색깔과 명암과 터치(touch)를 덧보탬으로써, 너무나 뻔해서 무료한 세계를 새롭게 재탄생시킨다. 이 "낯설게 하기"에 시적 언어의 비밀이 있다. 그리하여 현실을 지웠거나 소소한 현실에서 아무것도 느끼지 못하던 많은 사람들이 시를 읽으면서 다시 그들의 현실로 진입하는 것이다. 너무나 뻔하고 상투적인 우리의 일상적인 삶 속에 이렇게나 많은 의미(비밀)들이 숨어 있다니. 독자들은 시의 언어에 매혹되면서 새로운 프리즘으로 그들의 현실을 다시 읽는다.

일간지의 독자층이 워낙 다양해서 시를 고르는 데도 많은 공력(功力)이 들었다. 쉬우면서도 언어의 매력을 잃지 않고, 난해하면서도 우리의 삶과 잇닿아 있는 시들을 고르는 일은 만만치 않았다. 수많은 시집들과 문예지들을 뒤졌다. 그러다가 어두운 갱도에서 환하게 불타오르는 시를 발견할 때의 기쁨은 늘 배가에 배가를 거듭했는데, 그것은 그런 시들을 함께 읽을 익명의 수많은 독자들이 내 머릿속에 바로 떠올랐기 때문이다. 내가 발견한 매혹과 독자들이 기대하던 매혹이 함께 합쳐지는 순간을 연상하는 것은 정말 짜릿한 일이었다. 시의 언어에 매혹당하되 단지 아름다움 자체에 머물지 않고, 고단하고 외롭고 아픈 삶의 이면(裏面)으로 함께 들어가는 일은 얼마나 복되고 고상한가.

내가 한 일은 매혹의 언어에 고작 '뱀의 발'을 다는 것이었지만, 거기에도 원칙이 없는 것은 아니었다. 시의 해설은 무엇보다 시의 재탕이거나 동어반복이어서는 안 된다는 것이 그것이었다. 내가 하려던 작업은 매혹의 시들에 매혹을 더하는, 말하자면 시의 매혹에 입체적 스테레오를 만드는 것이었다. 시와 해설이 한데 어울려 부딪히면서 언어의 황홀한 울림이 형성될 때, 독자들은 비로소 시의 떨리는 심장에 가 닿을 것이라 믿었다. 개인적인 서신이나 온라인 네트워크(SNS)를 통해 독자들이 보여준 폭발적인 반응은 그 울림의 완성이었다. 지금도 매일 페이스북(Facebook)을 통해 독자들과 끝도 없는 '공감'의 대화를 나눈다. 산골 벽지에서 손편지들이 날아왔고, 먼 해외에서 모국어의 매혹에 열광하는 서신들이 왔다. 중앙 문단에서 소외된 산간벽지 가난한 시인들의 시들도 여러 편 실었다. 백혈병 후유증으로 폐 기능이 정상인의 20퍼센트밖에 되지 않아 산소호흡기에 의존해 사는 한 무명 시인이 쓴, 가난과 병마를 훌쩍 뛰어넘는 아름다운 시를 소개한 것은 큰 보람이었다.

무엇보다 이런 귀한 기회를 준 「중앙일보」에 감사한다. 자본과 권력이 되지 않는 '시(詩)'에 이런 지면을 거의 매일 할애하는 신문이 전 세계에 도대체 몇 개나 있을까 싶다. 시를 읽지 않고 시를 사지 않는 시대에 이는 매우 '희귀한' 일임에 틀림없다. 다음으로 매혹의 생산자들이며 특별한 보답도 없이 재수록을 허락한 여러 시인들께 머리 숙여 감사드린다. 그분들의 언어가 부디 이 책을 통해 더욱 많이 읽히고 매혹을 재생산하기를 고대한다. 끝으로 이 책을 출간하기로 결정한 살림출판사와 반년 이상 편집 과정에 정성을 쏟아준 편집부에 특별히 감사의 마음을 전한다.

이 모든 예외적인 헌신들이 매혹의 언어를 찾고 전달하는 일에, 그것으로 우리의 삶을 더 풍요롭게 꾸려가는 일에 크게 쓰일 것을 믿는다.

우리는 결국 시에 매혹당했다. 시와 더불어 아침을 깨우자.

2016년 8월

교동 우거에서

제2부 ──── 사랑

제3부 —— 풍경

제
1
부

· · ·

인
생

제발 개구리처럼 앉지 말고 여왕처럼 앉아라

－필리핀 어느 대학 여자화장실 벽에 쓰인 낙서

잘 가꾸고, 멋 부리는 것을 잊지 마라.
세상은 여드름투성이 여자애에게 아무것도 주지 않는다.
개구리처럼 앉지 말고 여왕처럼 앉아라.

머리 타래를 윤기 나게 해주는 샴푸를 사라.
직모라면 파마를 해라.
잘 가꾸고, 멋 부리는 것을 잊지 마라.

입에서 박하향이 나게 하고 이빨은 늘 희고 깨끗하게.
열 개의 진주처럼 빛나게 손톱을 칠해라.
개구리처럼 앉지 말고 여왕처럼 앉아라.

웃어라, 특히 기분이 더러울 때엔.
운전하다가 급회전할 때는 계속 머리를 숙여라.
잘 가꾸고, 멋 부리는 것을 잊지 마라.

갈망에 무릎 꿇지 말고 늘 날씬해야
뽐내며 춤출 때 치맛자락을 들어 올릴 수 있지.
개구리처럼 앉지 말고 여왕처럼 앉아라.

교수와 결혼하지 말고 학장과 해라.
백작과 결혼하지 말고 왕과 해라.

잘 가꾸고, 멋 부리는 것을 잊지 마라.
개구리처럼 앉지 말고 여왕처럼 앉아라.

드니스 두해멀, 오민석 옮김

● 누군 "여왕처럼" 앉고 싶지 않나. 누구는 예쁘고 싶지 않나. 여성들을 얼치기로 만들려는 가부장 사회의 다양한 요구들에 대한 묵상.

●○ 희극적 묘사지만, 이 시는 남성 중심 사회가 여성들에게 강요하는 다양한 '허상'들을 보여준다. 스스로 존엄한 여성(인간)이라면 이런 주문을 정면으로 거부할 것이다. 타자의 시선과 허영에서 벗어나 자기 눈으로 자신을 바라보는 것. 여성뿐 아니라 모든 존귀한 인간이 갖추어야 할 덕목이다.

시(詩)

그리고 그 나이 때였어… 시가
나를 찾아왔다. 나는 모른다, 나는 모르지
그것이 어디에서 왔는지, 겨울에서 아니면 강에서.
어떻게, 언제 왔는지, 나는 모른다,
아니야, 그것은 목소리도 아니었고, 말도 아니었고,
침묵도 아니었어,
어떤 거리에서 시가 나를 불렀던 거야
밤의 나뭇가지들로부터
불쑥 다른 사람들로부터,
성난 불길 가운데
혹은 혼자 집으로 돌아올 때,
거기에 얼굴 없는 내가 있었고
그것이 나를 건드렸지.

나는 무슨 말을 해야 좋을지 몰랐어, 내 입은
부를 이름도 없었고,

내 눈은 멀었으며,

무언가가 내 영혼 속에서 움직였지,

열기(熱氣) 혹은 잊어버린 날개들,

그리고 나는 내 자신의 길을 찾았지,

그 불길의 암호를

해독하며,

나는 그 희미한 첫 줄을 썼어,

실체도 없이 어렴풋한, 순수한

허튼소리를,

아무것도 모르는 누군가의

순수한 지혜를,

그리고 갑자기 나는 보았지

하늘들의 족쇄가 풀리고

열리는 것을,

행성들을,

고동치는 농장들을,

화살과 불과 꽃들로
온통
구멍이 난 그림자를,
휘감아 도는 밤을, 우주를.

그리고 나, 이 너무나 작은 존재는,
별이 빛나는 위대한 허공,
닮음, 신비의 이미지에
취해,
내 자신 그 심연의
순수한 일부임을 느꼈지,
나는 별들과 함께 선회(旋回)하였고,
내 심장은 바람 위에서 자유로워졌지.

파블로 네루다, 오민석 옮김

● 이상도 하지. 가장 아프고 힘들 때 시가 온다. 무사히 잘 지낼 때, 시는 슬쩍 자리를 떠난다. 그러다 삶이 좌초할 때, 아, 그 폭풍우 속 어디선가 시가 또 나타난다. 시는 지도다. 길 잃을 때 나타나 진짜 길의 위태로움과 풍요와 아픈 속살을 보여준다. 시는 삶의 속내로부터 도망치지 말라는 신호다.

●○ 네루다의 이름을 들으면, 이탈리아의 작은 어촌을 배경으로 그와 한 우편배달부 사이의 우정을 그린 영화 「일 포스티노」가 생각난다. 어느 해 여름, 나는 숲 속의 한 캠프장에서 그의 회고록을 읽었다. 거기 97쪽에 쓰여 있으되, "잉크보다 삶의 피에 더 가까이 갈 것". 시가 그를 건드린 것은 삶의 현장인 "어떤 거리"에서다. 삶을 피하는 자, 수사(修辭)를 얻을 수 없다.

스승의 사랑법

주대야
술 마이 먹찌 마라라 제발
몸도 안 조타 카민서

자아, 한잔 바다라

김주대, 『사랑을 기억하는 방식』, 2014

● 스승이 사라진 시대에 "자아, 한잔 바다라"라고 내미는 스승의 술잔은 말 그대로 '바다'다. 그 바다에서 퐁당거리는 제자는 외롭지 않다. 시간이 흘러 제자가 스승의 나이가 되면, 스승들은 사라지고 없다. 그때 바다가 되어 어린 제자들을 품는 자가 되지 못하면 얼마나 외로울까.

●○ 현대판 문인화로 요즘 이름을 날리고 있는 김주대의 시다. 이 시에서 김주대 시인과 대작하고 있는 사람은 그의 스승, 강우식 시인이다. 텍스트에 드러나 있지 않으니 그가 누구든 상관없다. 사랑은 이렇게 좌충우돌이고 모순이어서 늘 문제를 일으킨다. 문제없는 사랑이어디 있으랴. 사랑은 위험을 껴안고 뒹군다. 아무도 그 미래를 모른다. 그래서 더 해볼 만한 거다. 안전한 섬에서 '정주(定住)'를 꾀하는자들은 정작 봐야 할 것을 보지 못한다.
창조는 규범(norm)을 깨뜨리는 데서 시작된다. 이 시는 문어(文語)의 문법을 해체하고 있다. 그러다 보니 술 한잔 받는 일이 "바다"로 커진다. 세계는 놀랍게도 항상 언어로 재구성된다. 거짓말 같지만, 상징계안에서 물(物) 자체는 없다.

슬픔에게 무릎을 꿇다

어항 속 물을
물로 씻어내듯이
슬픔을 슬픔으로
문질러 닦는다
슬픔은 생활의 아버지
무릎을 꿇고
두 손 모아 고개 조아려
지혜를 경청한다

이재무, 『슬픔에게 무릎을 꿇다』, 2014

● 기쁨에게 무릎을 꿇기는 쉬워도 슬픔을 경배하기란 어려운 일이다. 사실 슬픔에게 무릎을 꿇는 것은 슬픔을 찬양하는 것이 아니라, 그것을 통해 드러나는 지혜에 굴복하는 것이다. 그러니 온전히 좋거나 온전히 나쁜 것은 없다. 기쁨의 열락이 때로 우리를 우매하게 만든다.

●○ "슬픔이 기쁨보다 나음은 얼굴에 근심하는 것이 마음에 유익하기 때문이다. 지혜자의 마음은 초상집에 있으되 우매한 자의 마음은 혼인집에 있다."(전도서 7:3~4) 우연히 이 대목을 접하고 오랫동안 그 의미를 골몰히 생각한 적이 있다. 인생이 만만치 않은 것이, 즐겁고 행복할 때 우리는 삶의 본질을 자주 잊어버린다. 이상하게도 마음이 아프고 슬플 때, "무릎을 꿇고 / 두 손 모아 고개 조아려 / 지혜를 경청"하게 된다. 시는 이렇게 '헛것'들에 눈먼 우리를 불러 어떤 본질과 대면케 한다. 그리하여 시인은 누구나 외면하려드는 "슬픔"을 오히려 "생활의 아버지"라 명명하는 것이다. 그러니 "슬픔에게 무릎을 꿇"는 행위는 굴복이 아니라 지혜로 가는 길이다.

겨울밤

눈이 내리고 내렸지, 온 세상에,
세상 끝에서 끝까지 온 세상을 휩쓸었지.
촛불이 탁자 위에서 타고 있었네,
촛불이 타고 있었네.

여름에 각다귀들이
날개를 치며 불꽃에 달려들었듯이,
밖에서는 눈송이들이 유리창을 두드리며
몰려드네.

눈보라는 창문에 화살과 소용돌이
무늬의 조각을 만들고.
촛불이 탁자 위에서 타고 있었네,
촛불이 타고 있었네.

일그러진 그림자들이

불이 켜진 천장에 떨어졌네,
마주친 팔과 마주친 다리의 그림자들,
마주친 운명의 그림자들.

두 개의 작은 신발이 마룻바닥 위에
쿵 하고 떨어졌네.
침대 옆 탁자 위 촛농이 치마 위에
눈물로 흘러내렸네.

모든 것이 사라졌네.
눈 내려 하얗게 흐려지고 시들해진 것들 속으로.
촛불이 식탁 위에서 타고 있었네.
촛불이 타고 있었네.

구석의 찬바람이 불꽃을 흔들었네.
그리고 유혹의 흰 열병이

그 천사의 날개를 밀어 올려
십자가 그림자를 던졌네.

2월 내내 눈이 엄청 왔네.
거의 그치지도 않고
촛불이 식탁 위에서 타고 있었네.
촛불이 타고 있었네.

보리스 파스테르나크, 오민석 옮김

● 닥터 지바고의 겨울. 눈발은 유리창을 들이치고, 방 안에는 희미하게 흔들리는 촛불들. 운명들. 그렇게 오래전 역사의 기차에서 내린 사람들, 그리고 다시 오르는 사람들.

●○ 소설(영화) 『닥터 지바고』의 분위기를 그대로 떠올리게 하는 시다. "눈보라"는 눈보라면서 동시에 러시아 전역을 휩쓸던 혁명의 소용돌이를 상징한다. 집 안의 "촛불"은 그 사회적 광풍 앞에서 위태롭게 흔들리던 개인들의 삶을 가리킨다. 그 안에서 얼마나 많은 "운명의 그림자"들이 서로 얽히고설켰던가. 눈보라 대신 아카시아 꽃보라가 넘치는 계절에 우리는 또 어디로 가고 있는가.

동물의 왕국 1
－동물계 연체동물문 소파과 의자속 남자 사람, 52

소가 트림의 왕이자 이산화탄소 발생기라면
이 동물은 방귀의 왕이자 암모니아 발생기입니다
넓은 거실에 서식하면서 점점 소파를 닮아가고 있죠
중추신경은 리모콘을 거쳐 TV에 가늘게 이어져 있습니다
배꼽에 땅콩을 모아두고 하나씩 까먹는 습성이 있는데
이렇게 위장하고 있다가 늦은 밤이 되면
진짜 먹잇감을 찾아 나섭니다 치맥이라고 하죠
치맥이란 술 취한 조류인데 날지 못하는 녀석입니다
이 동물의 눈은 카멜레온처럼 서로 다른 곳을 볼 수 있죠
지금 프로야구 하이라이트와 프리미어리그를 번갈아 보며
유생 때 활발했던 손동작, 발동작을 회상하는 중입니다
본래 네발동물이었으나 지금은 퇴화했거든요
이 때문에 새끼를 돌보는 건 어미의 몫이죠
그래도 한 달에 한 번은 큰소리를 내기도 합니다
월경과 비슷한 호르몬 변화를 겪는 거죠
이를 월급이라고 합니다

이 동물은 성체가 되자마자 수컷끼리 모여서 각축을 벌이는데
이런 집단이 군대입니다 시간이 지나고 나면
거기를 끔찍이 싫어하면서도
거기서 축구한 얘기는 자꾸 떠벌이는 습성이 있습니다
여자가 어딜 감히, 이런 소리도 가끔 내지만
대개는 빠지고 없는 털을 곤두세우는 것과 비슷한 과시행동
입니다
퇴화된 앞발을 들어 사타구니를 긁거나
화장실 변기 주변에 오줌을 묻혀 영역을 표시합니다
발정기가 따로 없는데도 첫사랑은 못 잊는다고 징징댑니다
지금 이 동물은 짧은 주기의 겨울잠을 자는 중입니다
곧 변태를 하고 출근할 예정이거든요 이 증세를 월요병이라
합니다
잠시만 더 그 잠을 지켜보기로 하지요

권혁웅, 『2016 시인동네가 주목하는 올해의 시인들 101』, 2016

● "생, 지리멸렬해지다."(황지우) 짐승의 왕국에 선거철이 다가온다. 짐승들에게 표를 던지는 짐승들이 존엄하신 짐승의 왕국을 재생산한다. 멸렬(滅裂)의 세월이다. 다들 어디 갔나.

●○ 시는 새로운 렌즈로 세계를 읽는다. 이 시는 '고급 동물'인 "남자 사람"의 하루를 코믹하게 건드린다. 세상에, "치맥"이 "술 취한 조류인데 날지 못하는 녀석"이라니. 낄낄거리며 이 시를 읽다 보면 어느덧 "동물의 왕국"에서 지리멸렬한 생애를 보내고 있는 '내'가 보인다.

미카엘라

밥하고
똥치고
빨래하던 손으로
기도한다

기도하던 손으로
밥하고
빨래하고
전기도 고친다

애오라지
짧고 뭉툭할 뿐인
미카엘라의 손

꼭, 오그라붙은
레슬링 선수 귀 같다

윤한로, 『메추라기 사랑 노래』, 2015

● 손에서 성(聖)과 속(俗)이 뒤범벅된다. 손을 보면 속된 동시에 성스러운 삶의 기록이 보인다. 그리하여 손은 절망과 희망의 기표(記標)다.

●○ 미카엘라는 천주교의 대천사 중 하나인 미카엘이 여성화된 이름이다. 그러나 이 시 속의 미카엘라는 밥하고 기도하고 똥치고 빨래하는, 아마도 '천사 같은' 사람이다. 손에는 삶의 역사가 기록된다. 손은 노동과 사랑과 죄와 기도가 공존하는 몸의 유일한 부위다. 늙은 손을 보면 그 손이 거쳐온 애욕(愛慾)과 통증의 역사가 보여서 짠하다. "애오라지"(오로지) "짧고 뭉툭할 뿐인" 미카엘라는 어떤 생애를 거쳐왔을까. 그녀는 왜 천사의 이름을 세례명으로 사용했을까. 사랑하는 사람의 손을 잡을 때, 우리는 그의 전(全) 생애를 잡는 것이다. 하나의 전 생애가 또 하나의 전 생애를 잡을 때, 위로와 용서와 화해가 생겨난다.

난독증(難讀症)

박씨는 정의를 자유라고 읽었다
김씨는 정의를 민족이라고 읽었다
부씨는 정의를 힘이라고 읽었다
오씨는 정의를 질서라고 읽었다
노씨는 정의를 평화라고 읽었다
이씨는 정의를 시장이라고 읽었다
붓다는 정의를 무욕이라고 읽었다
예수는 정의를 사랑이라고 읽었다
애비는 정의를 민주주의라고 읽었다
아들은 정의를 취업이라고 읽었다
시인은 정의를 괴물로 읽는다

사람들은
저마다 괴물 하나씩 키우며
그것을 정의라고 읽는다
정의라고 믿는다.

김윤환, 『이름의 풍장』, 2015

● 우리는 저마다 다른 처지에서 세계를 해석한다. 동일한 세계가 어떤 사람에겐 지옥이고 어떤 사람에겐 천국이다. 세계는 있는 그대로 우리에게 오는 것이 아니라, 우리가 내미는 해석의 통로를 경유해 온다. 그리하여 우리가 '사실(fact)'이라고 믿고 있는 것은 대부분 사실이 아니라 해석의 결과다. 해석이 세계를 만든다.

●○ 볼로시노프에 따르면 사회적 소통의 모든 영역에 언어와 이데올로기가 개입된다. 이데올로기는 단어에 그 효과를 기록한다. "정의"라는 동일한 단어에 그 단어를 사용하는 사람들의 숫자만큼 이해관계가 각인된다. 그리하여 모든 사회적 갈등은 사실상 말(언어) 위에서 이루어진다. 언어는 해석을 기다린다. 아무렇게나 건드릴 일이 아니다.

옛 시인의 목소리

기쁨에 찬 젊은이여, 이리로 오라,
그리하여 열리는 아침을,
새로 태어난 진리의 이미지를 보라.
의심은 달아났고, 이성의 구름도
어두운 논쟁도 간계한 속임수도 달아났다.
어리석음이란 일종의 끊임없는 미로,
얽힌 뿌리들이 진리의 길을 어지럽힌다.
얼마나 많은 이들이 거기에 빠졌던가!
그들은 밤새 죽은 자들의 뼈 위에 걸려 넘어지고,
근심밖에 모른다고 느끼면서,
자신들이 인도를 받아야만 할 때, 다른 사람들을 이끌려고
한다.

윌리엄 블레이크, 오민석 옮김

● 번개처럼 진리와 마주칠 때 젊음은 빛난다. 젊음이란 길을 잃은 에너지 덩어리 같은 것인데, 독서와 사유와 고통의 어떤 길목에서 문득 길이 보일 때, 에너지는 생산적인 것으로 바뀐다. 그때 이론은 실천으로 전회(轉回)되고 개인은 비로소 사회적 존재가 된다.

●○ 영국 낭만주의 1세대 시인인 블레이크는 이 시에서 아마도 프랑스 대혁명의 환희를 노래하고 있는 듯하다. 모든 혁명은 아침으로 빛나지만 늘 저녁을 맞이했다. 다만 다른 아침을 예비한다는 점에서 혁명은 "진리의 이미지"다. "논쟁"과 "속임수"와 "어리석음"의 "미로"를 뚫고 역사의 기차는 아주 천천히 달린다. 그러나, 그럼에도 불구하고, "모든 이론은 회색이고, 푸르른 것은 오직 저 생명의 나무다."(괴테)

오만 원

오랫만에 서울 올라와 만난 친구가
이거 한번 읽어보라며 옆구리에 푹 찔러준 책.
헤어져 내려가는 고속버스 밤차 안에서
앞뒤로 뒤적뒤적 넘겨 보다 발견한,
책갈피에 끼워져 있는 구깃한 편지봉투 하나.
그 속에 빳빳한 만 원짜리 신권 다섯 장.

문디 자슥, 지도 어렵다 안 했나!

차창 밖 어둠을 말아대며
버스는 성을 내듯 사납게 내달리고,
얼비치는 뿌우연 독서등 아래
책장 글씨들 그렁그렁 눈망울에 맺히고.

윤중목, 『밥격』, 2015

● 가끔 먼 옛날 농촌공동체에서나 볼 수 있었던 끈끈한 인정으로 세상을 대하는 사람을 만날 때가 있다. 어제의 신화가 삭막한 현재로 돌아와 사랑의 부화를 하는 장면은 얼마나 숭고한가. 결국 궁극의 해결책은 사랑이다.

●○ 윤중목 시인은 등단(1989) 후 무려 26년이 지난 얼마 전에 첫 시집을 상재했다. 『밥격』이라는 시집 제목에서 드러나듯, 그의 시들은 생계의 사연들로 가득하다. 푸시킨은 "삶이 그대를 속일지라도 슬퍼하거나 노여워하지 말라"고 했으나, 그러기가 쉽지 않다. 더구나 모든 도움이 끊긴 생계는 '마지막 터미널' 같은 것이다. 그 길에서 책갈피에 슬쩍 끼워 넣은 "만 원짜리 신권 다섯 장"은 얼마나 큰 위로인가. 이런 "문디 자슥"들이 많은 세상이 천국이다.

경청

누군가에 더러운 것
누군가에겐 일용할 양식이다

구르는 재주 없어도
굴리는 재주 있다고

쇠똥구리 지나간 자리
길 하나
보인다

김정수, 『하늘로 가는 혀』, 2014

● 얼마 전 어떤 모임에서 김정수 시인의 아픈 성장사를 우연히 들었다. 주책없이 또 질질 짰고 말았다. 그도 결국 질질 짰는데, 알고 보니 그와 나는 일정 기간 산의 이편과 저편에서 가난의 시절을 함께 보냈다. 능선을 경계로 그는 삼양동, 나는 정릉4동 산동네 무허가 판자촌에서 살았던 것이다. 어찌 보면 궁핍과 고통의 세월이 시를 만들기도 하는 것 같다. 그러니 이 세상엔 쓸모없는 것이 없다. 지면의 한계 때문에 이 시를 선택했지만, 그의 두 번째 시집 『하늘로 가는 혀』에는 더 깊은 울림을 가진 시들이 많다. 그 "혀"에 한번 중독되어보시라. 게다가, 무려, 이 시집은 2015년 제28회 '경희문학상' 수상작이다.

●○ 더러운 배설물이 쇠똥구리에게는 "일용할 양식"이다. 내게 없는 재주를 다른 사람이 갖고 있다. 세계는 이렇듯 배리(背理)의 구조를 가지고 있다. 기압이 새를 공중에 뜨게 하고, 무거운 물체가 물 위에서 더 큰 부력을 얻는다. 그러니 큰 배가 덜 흔들리는 것이다. 가로막는 산이 있으니 산을 넘는다. 끝장났다고 생각할 때 새날이 가깝다. 반대 극을 가진 자석이 쇠를 끌어당긴다. (어려운 말이지만) "죄가 더한 곳에 은혜가 더욱 넘쳤다."(바울) 배리의 담론을 경청할 때 "길 하나 / 보인다".

생일

엄마는 가끔 나에게 말한다
―내가 니 머리 꼭대기에 앉아 있어

그러면 나는 이렇게 말한다
―내가 엄마 속에 들어갔다 나왔어

박찬세, 신작시

● 며칠 전 엄마를 보고 왔다. 엄마는 갈수록 더 작아지고 더 어린애 같아진다. 엄마의 육신은 점점 더 "비존재(non-being)"로 가까이 가고…. 세상에, 내가 저기서 나왔다니! 딸내미가 하는 말, "엄마 아빠도 늙으시면 할머니처럼 저렇게 될까?" 믿기지 않겠지만 우리는 비존재에서 존재로, 다시 비존재로 여행 중이다.

●○ "니 머리 꼭대기에 앉아 있"으니 까불지 말라는 엄마에게, 자식은 "엄마 속에 들어갔다 나왔"다는 말로 응수한다. 문제는 이런 대화가 "생일"에 이루어지고 있다는 것이다. 이 세상에 들어온 모든 생은 "엄마"라는 자궁을 경유한다. 우리는 어떤 절대적인 존재에 의해 엄마 안에 들어가 있다가 때(생일)가 되어 이 세상으로 나온 자들이다. 그러니 이 피붙이의 인연은 얼마나 큰가. 겉으로는 아웅다웅하는 것 같지만, 엄마와 자식 간의 이 대화는 혈육으로 맺어진 인연을 한껏 자랑하고 있다. 보라, 우리는 피를 경유한 관계다. 사랑에 관한 어떤 이론도 이 관계 앞에서 다 불필요한 것이 된다. 데리다는 "환대는 모든 법들 위에 있다"고 했다. 피붙이는 모든 율법을 넘어 오직 사랑이라는 불가피성에 갇혀 있는 존재다.

검은 당나귀

언제 한번 대오에 끼어
주먹 쥔 적 있던가
외쳐본 적 있던가
누군가의 연인이, 추억이 되어본 적 있던가

붉고 푸른 페인트가 칠해진
거대한 말굽자석의

푸른빛의 극에도
붉은빛의 극에도

딸려가 닿지 못한,

김연숙, 『눈부신 꽝』, 2015

● 정치가 큰 사회는 불행하다. 다수 대중들을 어느 쪽이든 "대오"에 서도록 강제하는 사회는 얼마나 척박한가. 이미 중요한 것들이 대부분 해결되고, 좌든 우든 합리적 선택에 대해 공감해서 정권이 바뀌어도 정치가 크게 문제 되지 않는(누가 해도 기본은 하니까) 사회는 얼마나 평안한가. 그리하여 정치 너머를 생각하는 국민들은 얼마나 자유로울까. 우리가 정치로부터 자유로울 때는 민주주의가 제대로, 온전히 실현될 때뿐이다.

●○ 이 시의 원문에는 "나는 이 세상의 드 트로(de trop), 신에도 인류에도 관련 없는 잉여물이다"라는 비트겐슈타인의 말이 제사(題詞)로 달려 있다. 이 시를 읽고 역사라는 "거대한 말굽자석"의 어느 "극"에 서지 않으면 "잉여물(de trop)"인가, 하는 질문을 던질 수도 있다. 그러나 보라. 말굽자석에는 "페인트가 칠해"져 있다. 페인트는 위장, 장식, 꾸밈이라는 내포를 가지고 있다. 이 시는 어느 극단에도 끼어본 적이 없는 자신을 "잉여물"이라고 후회하고 있지만, 그 극단들의 '허상'에 대한 진술을 이렇게 슬쩍 깔고 있는 것이다. 시의 힘은 외눈이 아니라 겹눈으로 세상을 바라보는 데 있다. 세상에 쓸모없는 것은 없다. 말과 노새가 필요하면 "당나귀"도 필요하다.

면벽 23

- 시를 기다리며

당시(唐詩)도 다시 꺼내 읽었고
『경허집』도 펼쳐 보았다
일행들 몰래 빠져나와
빗속의 방학동 연산군 묘지에서도 너를 기다렸다
그도 시였다
그도 시인이었다

네가 어딘가 있을 것 같아
마을버스에서도 자꾸만 차창 밖을 내다보았다
지하철에서도 밖을 내다보았다
안산의 고아원이 무너졌다는
다 무너진 전단지를 읽으며 너를 기다렸다
갑자기 네가 나타날 것 같아
전단지 든 소년의 손에 동전 몇 닢을 건네려는 순간
그가 느릿느릿 지나가 버렸다
그도 시였다

그도 시인이었다

헛것이라 해도
시든 꽃을 들고라도
어두운 지하 주점까지 다 내려갔다 되돌아올 것이다
꽃이 시들더라도
술이 마르더라도

강세환, 『앞마당에 그가 머물다 갔다』, 2015

● 파블로 네루다는 "시가 내게로 왔다"고 했지만, 시인은 때로 오지 않는 시를 찾아 나선다. 시인은 관습화되어 죽음의 길로 가는 사물들을 불러내 그것에 새로운 이름을 붙여준다. 이 '명명(命名)하기'에 의해 사물들은 계속 다시 태어난다. "죽은 땅에서 라일락을 낳고, / 추억과 욕망을 뒤섞으며, / 잠든 뿌리를 휘젓는"(T. S. 엘리엇) 것은 봄비만이 아니다.

●○ 시인의 직무는 지워지고 사라지는 것들을 다시 호명해내는 것이다. 알랭 바디우의 말마따나 "시적인 말하기는 망각의 직물에 구멍을 내는 것"이다. 그리하여 시인은 "당시(唐詩)"를 다시 읽고, "『경허집』"도 펼쳐 보고, 이제는 잊혀 아무도 들여다보지 않는 "연산군 묘지"에도 가본다. "마을버스" "지하철" 창밖에도 시가 있고 시인이 있다. 시인의 호명에 의해 존재는 다시 세계 안으로 귀환한다. 세상이 망각의 그물에 갇혀 있을 때, "일행들 몰래 빠져나와" 잊힌 것들을 다시 불러내 다른 이름을 붙여주는 것, 시(은유)가 하는 일이다.

부지깽이

불을 살리고 다독이느라
함께 타며 여위어가던 어머니
아궁이마저 사라졌는데
몽땅해진 지팡이 들고
또 그 어디에서
분주하게 아궁이를
헤적이시는지

조승래, 『칭다오 잔교 위』, 2015

● 사물을 통해 기억하고 사유할 때 사물은 인간의 감각을 갖는다. 그리하여 사물도 때로 아프다. 존재가 사라질 때 그와 동행하던 사물들도 사라진다. 가령 사진은 망각의 공포에 대한 저항이 아니고 무엇인가. 용도가 사라진 사물은 서럽다. 그것은 사라진 또는 사라질 존재에 대한 기억이므로.

●○ 릴케는 "나의 세계는 사물들 곁에서 시작한다"고 했다. 시인에게 어머니라는 존재는 부지깽이라는 사물을 통해 다가온다. 부지깽이는 어머니라는 존재의 축약이고, 시인이 그 안으로 걸어 들어가 어머니를 읽는 문(門)이다. 세상은 변하고 부지깽이와 함께 어머니도 거의 무용(無用)의 상태가 되었다. 그러나 생활의 관습은 어쩔 수 없는 법. 어머니는 지금도 "몽땅해진 지팡이"로 세상의 "아궁이"를 "혜적"인다. 이 무용성이 시인을 안타깝게 한다. 어찌하나. 세계는 쓸모를 계속 만들어내면서 동시에 많은 것의 쓸모를 버리니.

늙은 꽃

어느 땅에 늙은 꽃이 있으랴
꽃의 생애는 순간이다
아름다움이 무엇인가를 아는 종족의 자존심으로
꽃은 어떤 색으로 피든
필 때 다 써 버린다
황홀한 이 규칙을 어긴 꽃은 아직 한 송이도 없다
피 속에 주름과 장수의 유전자가 없는
꽃이 말을 하지 않는다는 것은
더욱 오묘하다
분별 대신
향기라니

문정희, 『다산의 처녀』, 2012

● 순간에 모든 것을 이루고 적멸(寂滅)에 드는 꽃의 화엄(華嚴). 사람들이 꽃에 열광하는 것은 끝을 두려워하지 않는 순식간의 화염(火焰), "분별"마저 지워버리는 에너지의 폭발을 경외하는 것이다. 우리는 더디 피고 더디 가지만, 우주의 시간으로 보면 우리도 꽃이다. 지금 확, 피고 확, 지고 있다.

●○ 꽃은 한 번 필 때 모든 것을 다 써버림으로써 "순간"의 생애를 산다. 그것은 순간에 완벽을 이룬다. 순식간에 만개하고 멈춰버리는 삶은 늙을 틈이 없다. 그러니 "어느 땅에 늙은 꽃이 있으랴". "황홀한 이 규칙"은 시간을 초월해 있다. 시간의 계산이 개입할 수 없는 이 생애. 그것은 너무나 짧고도 완벽하기 때문에 "분별"이 필요하지 않다. 오직 "향기"뿐.

물결 표시

짧은 물결 표시 ~ 안에서
그가 긴 잠을 자고 있다
휘자諱字 옆에 새겨진 단단한 숫자
'1933년 3월 18일~2010년 4월 22일'
웃고 명령하고 밥을 먹던 거대한 육체가
물결 표시 위에서 잠깐 출렁거린다
햇빛이고 그늘이고 모래 산이던,
흥남부두에서 눈발이었던,
국제시장에서 바다였던
그가 잠시 이곳을 다녀갔다고
뚜렷한 행간을 맞춰놓았다
언제부터 ~ 언제까지 푸르름이었다고
응축된 시간의 갈매기 날개가 꿈틀
비석 위에서 파도를 타고 있다
효모처럼 발효되는 물결 표시 안의 소년

한정원, 『마마 아프리카』, 2015

● 장모님 만나러 납골당에 갈 때마다 물결 표시를 만난다. 그녀는 고작 0000~0000 사이의 물결이었던 것이다. 물결은 이미 시간을 다 건너버려 남은 가족들은 그리로 돌아갈 수 없다. 다른 시간의 물결을 건너고 있는 동안 다리 저쪽이 자꾸 가까이 온다. 그나마 "푸르름"일 때 사랑하자.

●○ 사는 동안 우리는 얼마나 다양한 존재의 외투를 입는가. 흥남부두에서는 눈발이었고, 국제시장에서는 바다였던 그도 한때는 푸르고 푸른 생명이었다. "웃고 명령하고 밥을 먹던 거대한 육체"가 이제는 물결 표시 안에서 숫자로 멈춰 있는 것처럼 보인다. 그러나 모든 개체는 고유한 서사를 갖고 있고, 그 서사는 다른 개체들의 서사와 겹치면서 세계를 이룬다. 그 물결, 아직도 "출렁"이고 있는 것이다.

지옥에서 보낸 한 철

(…)

나는 무지개에 의해 저주받았다. 행복은 나의 숙명, 나의 회한, 나의 벌레였다. 나의 삶은 언제나 너무 거대해서 힘과 아름다움에는 헌신할 수가 없는 모양이었다.

행복! 엄청나게 부드러운 그의 이빨이 가장 침침한 도시에서—꼭두새벽에—나에게 예고했다.

오 계절이여 오 성곽이여!
결함 없는 넋이 어디 있으랴?

(…)

아르튀르 랭보, 김현 옮김, 『지옥에서 보낸 한 철』, 1978

● 광기로 자신의 몸과 영혼을 혹사했던, 그리하여 생의 어떤 끝으로 자신을 내몰았던 랭보의 입에서 나온 말이다. "결함 없는 넋이 어디 있으랴?" 위로하고 위로받지 못하는 생은 얼마나 가여운가. 더구나 "지옥"에서.

●○ 광기와 권태와 지독한 절망 속에서 허우적대던 영혼은 자신이 산 시대를 "지옥"이라 불렀다. 신의 약속의 상징인 "무지개"에조차 저주받았다는 자기진단은 얼마나 비극적인가. "언제나 너무 거대"한 삶이 그를 짓누를 때 그도 가끔은 평화를 꿈꾸었다. 그렇다. "결함 없는 넋이 어디 있으랴?" 어린 나이에 시를 알아버리고 일찌감치 시를 버린 랭보는 결국 행려병자로 다리 하나를 절단하고 죽었다. 그의 영혼에 위로 있으라.

황무지

사월은 가장 잔인한 달,

죽은 땅에서 라일락을 낳고,

추억과 욕망을 뒤섞으며,

봄비로 잠든 뿌리를 휘젓는다.

겨울엔 오히려 따뜻했지,

망각의 눈으로 대지를 덮고,

마른 구근에 약간의 생명을 대주었지.

슈타른베르크 호수를 건너 한바탕의 소나기와 함께, 갑자기

여름이 찾아왔어. 우리는 주랑에서 비를 피했다가,

해가 나자, 호프가르텐 공원에 가서,

커피를 마시면서, 한 시간 동안 이야기를 나누었지.

난 러시아인이 아니에요. 리투아니아 출신이지만, 진짜 독

일인이지요.

어린 시절, 사촌의 대공 집에 머물렀을 때,

사촌이 썰매를 타자고 날 데리고 나갔지.

난 겁을 먹었어. 그가 말했지, 마리,

마리, 꽉 잡아. 그리고 우리는 달려 내려갔지.

산에서는 자유로운 느낌이 들잖아.

나는 밤에는 대개 책을 읽고, 겨울에는 남쪽 지방으로 갔어.

(…)

T. S. 엘리엇, 오민석 옮김

● 쌍계사 계곡에 비 내리니 하늘에도 땅바닥에도 온통 벚꽃이다. 화장실에 다녀오면 머리에 어깨에 신발에 벚꽃들이 죽은 벌처럼 달라붙는다. 반어법으로 이야기하자면 '꽃의 지옥'이다. 엘리엇도 "사월은 가장 잔인한 달"이라고 했다. 죽음의 세계에 바야흐로 '꽃의 공격'이 시작되었다.

●○ 누구나 봄("사월")을 좋아하는 것은 아니다. 봄은 모든 것을 잊고("망각의 눈") 무사유(無思惟)의 죽은 상태("겨울")에서 대충 살기를 원하는 사람들을 그냥 놔두지 않는다. 봄은 언 땅에서 라일락을 키워내고 "추억"(과거)과 "욕망"(미래)을 마구 뒤섞으며 죽음의 문화에 갇혀 있는 사람들을 깨운다. '일어나라, 일어나라.' 이것이 봄의 명령이다. 관(棺) 속의 삶을 원하는 사람들에게 이처럼 잔인한 일은 없다. 봄은 "황무지"를 휘저어 생명으로 인도한다.

목계(木鷄)

단 한 번의 울음으로

당신 심장을 멎게 할 것 같아

횃대에 오르지 않는 닭

바람이 든 나무의 기억 때문에

펴지지 않는 날개가

자꾸만 푸드득거린다

독수리처럼 홰를 치고 싶은 본능이

하늘을 향할 때마다

울 수 없는 언어들이 목젖에 잠긴다

죽도록 날아가는 빈 날갯짓

당신에게 가는 길이 있다면

부리에 피가 나도록 싸우는

눈이 먼 투계가 되어도 좋아

몸 속 가득 당신이라는 호칭을

결결이 쌓아 놓은 채

울지 않고도 부르는 닭

바람에 흔들린 나무의 문장이
영겁으로 대답하는 사랑인 듯
붉은 동공을 빠져나간다.

권혁재, 『고흐의 사람들』, 2016

● 일부 정치인들은 훌륭한 '싸움닭'의 모델로 장자(莊子)의 "목계(木
鷄)"를 든다. 상대를 제압하려면 호오(好惡)의 감정을 쉽게 드러내선
안 된다는 것이다. 시인의 "목계"는 다르다. 시인은 표현/비표현의 경
계에서 절망하고 있다.

●○ 장자의 "목계"가 감정을 드러내지 않음으로써 상대를 제압하는 최고의 '싸움닭'이라면, 시인의 "목계"는 바로 그 나무의 감옥에 갇혀 괴로워하고 있는 닭이다. 울고 싶어도 "울 수 없는 언어들"이 나무 안에 갇혀 있다. "단 한 번의 울음"으로 사랑하는 사람의 심장을 멎게 할까 봐 닭은 홰에 오르지 않는다. 그러니 당신에게 갈 길이 없다. 당신의 이름만 몸속 가득 쌓아놓는다.

디딤돌

저 방, 들고 나는 자
누구든
나를 밟고 드나드시라

나는 침묵하는 받듦이니
참으로
밟을 자만 밟을 것이라

김주완, 『주역 서문을 읽다』, 2016

● 승자독식의 사회에서는 다수의 삶이 소수의 행복을 위한 디딤돌 역할을 한다. 그런데 그 다수의 디딤돌들을 위해 스스로 디딤돌이 되는 '성자(聖者)'들도 있다.

●○ "세계 안에 존재한다(세계내존재)는 것은 타자와 함께 존재하는 것을 의미한다."(하이데거) "나"는 타자와의 관계 속에서 규정된다. 시인은 자신을 "디딤돌"이라 정의한다. 말없이 타자들을 "받듦"으로 디딤돌은 비로소 존재의 의미와 이유를 갖는다. 그러나 "참으로 / 밟을 자만 밟을 것"이라는 조건은 받듦의 대상에도 선별이 있다는 것을 보여준다. 함부로 밟을 일이 아니다.

한 번의 우연적 만남과 두 번의 필연적 만남

남 남 남 남 남
남 남 남 남 남
남 남 만 남 남
남 남 남 남 남
남 남 남 남 남

고원, 『나는 ㄷㅜㄹ 이다』, 2004

● 문자는 그 자체 의미이면서 동시에 회화적 물질성을 가지고 있다. 문자의 시각성(the visual)을 전경화(前景化, foregrounding)하려는 오랜 시도들이 있어왔다. 이름하여 구체시(具體詩, the concrete poetry)다. 국내에도 이런 실험들이 있다.

●○ 문자에 의미를 넘어 회화적·시각적 물질성을 부여하려는 시도는 기원전 2~3세기 그리스 시인들에게서 이미 시작되었다. 제2차 세계대전 후에 브라질의 일부 예술가들이 시도했다가 1960~1970년대에 주로 독일어 문화권을 중심으로 주목받은 이러한 시들을 "구체시" 또는 "구상시(具象詩)"라고 부른다.

이 시는 수많은 타자들("남") 사이의 만남을 형상화하고 있다. 중앙의 "만" 자를 중심으로 다양한 관계들이 교차한다. 우리는 수많은 "남"들을 경유하며 때로는 고립된 "남"의 상태로 또는 "남남" 또는 "남남남남"(∞)의 관계로 존재한다. 우리는 어느 방향으로든 이 무한한 관계의 순열조합 속으로 진입할 수 있다.

누구를 위하여 종은 울리나

그 누구도 스스로 온전한 섬이 아니다.
모든 사람은 대륙의 일부분,
전체의 부분이다.

만일 흙 한 덩이가 바다에 씻겨 나가면,
유럽 대륙이 그만큼 작아질 것이고,
바다의 갑(岬)도 그럴 것이고,
당신의 친구나 당신 자신의 영지(領地)도
마찬가지일 것이다.

그 누구의 죽음도 나를 줄어들게 한다,
왜냐하면 나는 인류에 개입되어 있으니까.
그러니 누군가를 보내 알려 하지 마라,
누구를 위하여 종은 울리냐고.
종은 당신을 위해 울린다.

존 던, 오민석 옮김

● 친구들과 고등학교 때 담임선생님을 모시고 만찬. 학교로 돌아오니 밤 열두시가 훌쩍 넘은 시간에도 캠퍼스가 떠들썩하다. 축제다. 이 시간에도 누군가의 죽음을 알리는 조종(弔鐘)이 울리겠지.

●○ 헤밍웨이의 소설 제목으로 차용되어 더 유명해진 시다. 그 누구도 (고립된) 섬이 아니다. 관계가 존재의 본질이다. 모든 부분들은 전체와 연결되어 있으므로 부분의 손실은 전체의 손실이다. 누군가의 죽음을 알리는 조종(弔鐘)은 나의 부분이 빠져나가고 있다는 신호다. 타자의 죽음을 나의 죽음과 분리시키지 않는 것. 그것이 "인류에 개입되어" 있는 관계적 자아가 하는 일이다.

이렇게나 많은 새들이

이렇게나 많은 새들이 내 몽상 속에서 살 줄이야 해 뜨는 동
쪽에서 해 지는 서쪽 평원을 날아다니다 휘어진 내 팔뚝에
내려앉아 줄줄이 옆구리를 붙이고 잠이 들 줄이야 잡풀 우
거진 수풀을 헤치면 뽀얀 알들이 종알종알 꿈을 꾸고 있을
줄이야

새벽 창가에 날아와 곤두박질치려 하는 나의 일상을 흔들어
깨워줄 줄이야 곪아 터진 내 심장에 부리를 디밀고 구더기
를 발라내줄 줄이야 흙 속으로 잠수하는 발가락 사이 사이
에 죽은 새들의 영혼이 깃들어 살 줄이야

이잠, 『해변의 개』, 2012

● 시는 정지의 순간에도 일탈을 꿈꾼다. 클리셰(cliché, 진부한 표현, 상투어)를 거부하는 언어는 늘 죽음을 예고하지만 날개는 중간을 거부한다. 보라. "이렇게나 많은 새들이" 내 몸속에 살고 있다.

●○ 바닥에 있을 때도 시인은 날개를 꿈꾼다. 너무 높게도 낮게도 날지 말고 중간을 날아야 한다는 다이달로스(이카로스의 아버지)의 주문은 시인에게 통하지 않는다. 추락을 두려워하지 않는 상상력이 시의 힘이다.

슬픈 편대

허공을 찢으며 우는 기러기떼 발톱이여

멀건 국물에 뜬 노숙의 눈발들이여

한평생 오금이 저릴 저 강변의 아파트여

정수자, 『비의 후문』, 2016

● 아무것도 해주지 못해 쩔쩔맬지라도 난 당신 안에 들어가 당신과 함께 있어요. 미안해요. 삶이란 게 원래 풍찬노숙(風餐露宿)이라고 말하지 않을게요.

●○ 누군가는 슬피 울며 유랑의 길을 간다. 누군가는 "멀건 국물"밖에 없는 부랑의 삶을 산다. 유랑의 삶과 나란히 정처(定處)의 삶("강변의 아파트")도 있다. 눈발이 쏟아져 더욱 궁핍해진 유랑의 삶 곁에서 정처의 삶은 "오금"이 저린다. 민망하기 때문이다. 서로에게 아무것도 해줄 수 없이 동일한 시공(時空)을 지나가는 "슬픈 편대". 그러나 미안하고 안타까운 마음이 이 슬픈 그림을 따뜻하게 덥힌다.

Don't Cry 베이비 박스

이대로 사라져도 그만이라 생각될 때가 있어
살림과 잡일하며 홀로 늙어감을 느낄 때
애랑 씨름하다 지쳐 쓰러질 때
눈이 시리게도 나는 쓰레기
슬프게도 혼자 축 늘어진 시레기

혼자 키울 수 없는 엄마의 아가들이
베이비 박스에서 매일 우는 걸 아나
고아원도 아니고, 교회 베이비 박스에서
버림받은 아가 우는 소리를 들어는 봤나
피자 한판처럼 따끈한 죄악덩어리세상에
지글지글 끓는 사이렌 소리를

원하지 않아도 버리고 버림받는 인생살이
세상은 버려진 이들의 울음박스
버려졌고, 버려졌다고

느끼는 이들의 울음박스

새드 피플 박스

베이비 박스

Don't Cry 베이비 박스

신현림, 「유심」, 2014 4월호

● 세상의 비극은 끝도 없어서 신생아를 버리는 '베이비 박스'까지 생겼다. 베이비 박스는 맡아서 키워주겠다는 사랑의 표시지만, 양육이 불가능한 아픈 사연들의 기표기도 하다. 사랑과 임신과 출산이 행복한 가정으로 이어지지 않는 이 불안정한 사슬은 "죄악덩어리세상"에 울려 퍼지는 "사이렌 소리"다.

●○ (그래서는 안 되지만) 최악의 시간에 스스로 "쓰레기"처럼 유기 (遺棄)되기를 바랄 때가 있다. 놀랍게도 우리는 이런 고통의 정점에서 타자의 고통을 비로소 이해하기 시작한다. 문학이 삶의 아픔에 주목하는 이유가 여기에 있다. 아픔을 경유하지 않고는 존재를 이해할 수도 사랑할 수도 없다. 그런 의미에서 고통은 (고통스러운) 특권이다. (자신이) "이대로 사라져도 그만이라 생각될 때" 시인은 놀랍게도 타인의 아픔, 버려진 아기들을 떠올린다. 베이비 박스에 버려진 아기들의 울음은 "죄악덩어리세상"을 향해 울리는 "사이렌 소리"다. 고로 자신을 유기하는 것도 죄다.

소금

소금이 온다
곰소만 염부는 이렇게 말한다
소금이 온다고
유령처럼
손님처럼
소금의 걸음
소금의 소리
소금의 체취
온몸으로 느끼며
염부는
소금을 잡는다
앉힌다
오래전 수장된 자들의 해골 가루 같은
소금
죽은 후에도 우는 자들의 응고된
눈물

눈꺼풀 없는 자들의 숱한
백야
어둠 속 아닌
한낮 뙤약볕 속으로 오는
뜨거운 귀신
소금 한 알갱이에 새겨진 그들의
서사

소금이 온다
나는 이렇게 말한다
식탁 위 소금을 뿌리며, 본다
누군가의 뼛가루가
누군가의 눈 뜬 밤이
흩뿌려지는 것
소금을 먹으며, 먹는다
대양도 삼킬 수 없던

태양도 녹일 수 없던

단단한 눈물

심해에서

나의 심연까지

이윽고 당도한

소름 같은 소금

나는 절여진다

강기원, 『지중해의 피』, 2015

● 무정형의 퍼즐이 완결된 문장으로 현현(顯現)되는 순간, 액체의 시대는 끝난다.

●○ 비가시(非可視)적인 것의 가시화. 소금은 보이지 않는 것이었으나 한낮의 뙤약볕 속에서 현현된다. 보이지 않는 "눈물"과 "숱한 백야"들이 어느 날 갑자기 백주대낮에 드러난다. 진실은 "유령처럼 / 손님처럼" 어느 순간, 문득 "온다".

탁발

민달팽이
일보
일배
해탈문을 나섭니다

저 한 몸 달랑 들어갈 걸망 하나 지고 가다가

아니다
이 집도 크다
다 버리고
갑니다

김영주, 『슬픔이 없는 땅으로 데려다 주오』, 2015

● 몸을 털 수는 없으니 다 지고 가야지. 현세(現世)의 짐을 감사히 여겨야지. "걸망"마저 버리는 날, 잘살았다고 말해야지. 내가 멘 짐들도 다 이유가 있는 것이었다고 말해야지.

●○ 탁발 나가는 수도승처럼 아무런 장식도 화려한 수사도 없는 시다. 민달팽이처럼 걸망마저 버리고 걸음마다 대지를 향해 머리를 조아리는 삶은 얼마나 숙연한가. 십자로에서 대지에 키스하며 회개하던 라스콜니코프처럼 다 비우는 마음은 얼마나 상서로운가. 오직 감사와 겸손이 전부인 삶은 얼마나 복된가.

풀을 깎다

천하 모든 것에 삼가 송구하도다
녹음 접는 수풀에 명복을 빌며
거기 살던 무당벌레 참개구리
잠시 시름 놓던 실잠자리 흰나비
미안스러 면목이 없어 하노라
아가들아!
염치없는 농투사니는
탁배기 한 잔에 하루숨을 접노라

박금리, 『술꾼』, 2016

● 생존을 위해 우리가 세계 밖으로 밀어낸 것이 어찌 사물이나 자연물뿐이리. 경쟁에서 밀려난 수많은 존재들, 이름이 지워진 서벌턴(subaltern, 하위주체)들을 다시 생각하기.

●○ 한 생명은 다른 유기체의 생명과 연결되어 있다. 세계는 목숨으로 이어진 관계의 그물이다. 한 존재가 살기 위해 불가피하게 다른 존재를 세계 밖으로 밀어내는 경우가 있다. 농부의 낫에 깎여 나가는 풀도 그런 것이다. 한쪽의 생업이 다른 세계의 종말을 이룰 때, 시인은 "미안스러 면목이 없"다. 풀을 깎을 때 무너지는 그들을 시인은 "아가들"이라고 부른다. 생명 있는 것들 치고 '미물'은 없다.

문

혼자 먹는 밥 같지만 사실
밥상이 좀 떨어져서 그렇지
우리 다 같이 먹는 거다
밥집 하나가 넓은 쟁반 하나만 하지 않니

혼자 자는 것 같지만
우린 다 한 이불 덮고 자는 거야
손발이 이리저리 불거져 나와 그렇지
자다 보면 굴러가기도 하는 거지

그러며 혼자 계신 어머니는
혼자 사는 늙은 아들을 보내며
조용히 문고리를 풀어놓습니다

박철, 『작은 산』, 2013

● 어머니는 누구에게나 영원히 떠나지 못할 서사(敍事)의 자궁이고 무덤이다. 그 안에서 모든 것이 시작되고 끝난다. 이 지독한 관계 앞에서 아무도 자유롭지 않다. 아무리 파내어도 다시 채워지는 샘물처럼 어머니의 내러티브는 끝없는 재생(再生)을 향해 있다.

●○ 문을 열고 (혼자 사는) 아들을 보내는 (혼자 사는) 어머니의 궤변 같지만, 인간은 관계적 존재다. "태초에 관계가 있었다."(마르틴 부버) "이리저리 불거져 나와" 있는 것 같아도 모든 '나'는 모두의 '너'다. 나-너(Ich-Du) 사이의 물리적 거리가 관계를 지우지 못한다. 그러니 혼자 밥 먹고 혼자 자는 것처럼 살지 말 일이다. 그럼에도 불구하고 "혼자 사는 늙은 아들"을 보내는 "혼자 계신 어머니"의 모습이 슬픈 이유는 무엇인가. 우리는 한 몸처럼 서로 '붙어' 살고 싶은 거다.

용접

상처에 상처를 덧씌우는 일이다

감당하지 못하는 뜨거움을 견뎌야 하는 일이다

한쪽을 허물고 다른 한쪽을 받아들여야 할 일이다

애써 보지 말아야 할 일이다

처절한 비명 참아야 할 일이다

그리하여 끊어진 한쪽을 찾아야 할 일이다

이질이며

동질이다

불이(不二)다

주강홍, 『망치가 못을 그리워할 때』, 2015

● 이질적인 것들의 끝없는 "용접"이 세계를 구성한다. 다른 영혼들이 서로 연결될 때 고통 또는 사랑의 불꽃이 튄다. 보라, 존재들이 충돌할 때 빛나는 저 화염을. 주체는 찬란하도록 아프고 아름다운 연결의 자리고 통로다. 그리하여 모든 존재는 복수(複數)다.

●○ 사람도 건축물도 심지어 음식까지도 이질적인 것들의 결합으로 이루어져 있다. 식물은 흙과 "용접"되어 있고 바다는 땅과 붙어 있다. 당연한 것은 아무것도 없다. 그 모든 관계에 태초의 용접이 이루어질 때, 한 살에 다른 살이 이식될 때 "감당하지 못하는 뜨거움"과 "처절한 비명"이 있었을 것이다. 우리가 세상에 용접될 때 얼마나 많은 "상처"가 있었던가. 고통을 경유하여 서로 다른 것들이 연결될 때 막혔던 것들이 흐르기 시작한다. 그리하여 "이질"은 "동질"이 되고 "끊어진 한쪽"은 나의 한쪽이 된다.

난경難境 읽는 밤 · 2

새벽, 헛기침에
괜시리 덧창을 연다.
겨우 산맥 하나를 넘었다.
차령이나 소백, 아니지
이왕이면 천산이나 히말 같은
사시사철 찬바람 부는 계곡을 품어 안은
새끼가 부화하기 직전의 매부리 같은
산맥 하나를 겨우 손끝으로 더듬어 넘어왔다.
─본질은 경험의 배면일 뿐인가?
시를 가르치며, 한없이 열리는 이 막막한
사막은, 목숨의 늪은 어찌 건널 것인가?
어려워라,
목숨이여, 시여,
손끝에는 밤새 더듬은 돌멩이와 풀뿌리,
길 아닌 것들의 실핏줄이 걸려 있다.
이제 곧,

건너편 담벼락 위로 실존의 해가 떠오르리라.

나는 유령처럼 밤을 건너 이제 곧,

죽으리라,

죽어야 하리라.

젊은 어미의 옷고름 같은 시구 하나,

풀지도 맺지도 못하고,

매어주지도 풀어주지도 못하고

백인덕, 『단단斷斷함에 대하여』, 2011

● 한때 문단의 3대 '주마(酒魔)'로 소문났던 그의 이력도 늦은 결혼 이후 많이 잠잠해졌다. 그 모든 기행(奇行)은 그러나 안으로 더 깊어져서 그의 시에 동력이 되었다. 지금도 그는 가끔 통음(痛飮)의 새벽에 내게 전화를 해 오는데, 그때마다 나는 자본의 복마전 속에서 포효하는 한 날짐승의 소리를 듣는다. 그것은 신음 같기도 하고 이상한 결기 같기도 하다.

●○ 생은 늘 산 넘어 산, 바다 건너 바다다. 누구는 "우공이산(愚公移山)"이라고 말하지만 우리는 산을 옮길 힘이 없다. 그냥 넘어갈 뿐. "겨우 산맥 하나를" 넘어가는 데도 "손끝에는 밤새 더듬은 돌멩이와 풀뿌리"가 걸려 있다. 게다가 넘어온 길이 "길 아닌 것들"이라면 어찌할 것인가. 잊은 듯 지내다가도 이 '어려운 경지(난경)'가 사실은 삶의 민낯이라는 것을 깨달을 때, 그것을 읽는 자세가 문제가 된다. 어려운 현실을 어렵다고 읽는 것, "어려워라, / 목숨이여, 시여"라고 고백하는 것을 우리는 '정공법'이라 부른다. 위장(僞裝)의 정치보다 시가 한 수 위인 이유다.

밥

밥을먹는다
어제도먹고그제도먹었던
밥을먹는다
아침에도먹고늦은저녁에도먹고
밥을먹는다
아무리더디먹어도
느림보시간은빨리지나가지않고
밥을먹는다우리는
거대한죽음이당도할때까지
그리하여밥없는명징한날들에이를때까지꾸역꾸역
내일도먹고모레도먹어야할
밥

징그러운

김창재, 『카타콤』, 2007

● 김창재 시인의 『카타콤』은 현재로서는 그의 첫 시집이자 마지막 시집이다. 그의 시를 아끼는 어떤 시인은 그의 다음 시집이 언제 나올지 기약이 없다고 한다. 단어 하나 가지고 서너 달을 씨름하는 거의 결벽에 가까운 태도 때문이다. 그의 시는 깊은 실험 안으로 들어가 있고, 그 안에서 그는 아직도 사투 중이다. 그는 언어의 "카타콤"(지하무덤) 안에서 산 언어를 캐내는 광부 같다.

●○ 나온 지 여러 해가 지난 김창재 시인의 시집에서 책 곰팡이 냄새가 풀풀 난다. 그 세월 동안에도 우리는 계속 (띄어쓰기도 하지 않은 채) 밥을 먹었다. 따지고 보면 모든 삶은 생명을 유지하기 위해 먹고 먹고 또 먹는 삶이다. 새벽부터 하루 종일 분주하게 날아다니는 새가 하는 일은 오로지 먹을 것을 찾는 일. 인간의 삶도 이와 크게 다르지 않다. "거대한죽음" 그 "명징한날"에 이를 때까지 우리는 먹고 또 먹는다. 그러나 "명징"은 대체 무엇인가. 역설적이게도 그 명징의 '불명료함' 때문에 먹음의 긴 행렬이 때로 징그럽게 느껴진다. 우리가 죽음의 의미에 대해 사유하는 이유가 바로 이것이다. 그 내용에 따라 밥먹는 일의 의미가 달라진다.

보살핌

열여섯 달 된 딸애가 낮잠을 자다
깨서 운다. 나는 아이를 들어 가슴에 안고

내 손바닥이 오래된 이불처럼 따뜻해질 때까지
아이의 등을 문지른다. "아빠 여기 있어, 아빠 여기 있단다,"

라고 속삭인다. 여기는 시리아에서 8,500마일 떨어진
하와이의 오하우 섬. 그렇지만 도대체 태평양의 무역풍이
갑자기

헬리콥터들이 되면 어쩌지? 화염과 손톱들과 파편들이
무차별적으로 우리에게 쏟아지면 어쩌지? 우리 창문에

비치는 그림자가 하와이의 플루메리아 나뭇가지가 아니고
열기 속에 행군하는 군인들과 테러리스트들이면

어쩌지? 우리가 지중해의 필사적인 난민선(難民船)에
제 시간에 닿을 수 있을까? 만일 그러면 내가 다리를

뻗어 흔들리는 조류에 맞서 평평해진 돛대에 댈 수 있을까?
나는 "아빠 여기 있어, 아빠 여기 있단다."

라고 속삭인다. 그러나 나는 국경들과 인종 혐오의 날카로운
철선을 넘어 딸애를 데리고 갈 수 있을 정도로

강한가? 나는 이렇게 애원할 정도로 강한가?
"제발, 제발 부탁해요, 우리가 지나갈 수 있도록 해줘요, 우
리는

자살 폭탄들이 아닙니다." 나는 5년간의 가뭄, 이 인간애의
가뭄 끝에 할러비의 후추밭처럼

갈라진 발바닥으로 계속 걸을 수 있을 정도로 강한가?
열차와 버스들이 수용소 앞뒤로 요동을 친다.

그러나 우리가 발을 딛지 못하면? 여기에서 체포된다면?
당신은 부표처럼 당신 몸을 띄워서

넘치는 물결 위로 당신 애를 잡고 있을 수 있는가? 나는
"아빠 여기 있어, 아빠 여기 있단다"라고 속삭인다. 물에 빠
져 죽는 것은

바다의 마지막 자장가. 나는 딸애를 침대에 누이고,
아이의 숨소리는 마침내 낮은 물결처럼 고요해진다.

국경을 넘는 모든 부모들에게 나는 말하고 싶다.
당신과 당신 애들이 중요하다고. 나는 당신의 사랑이

탄소와 폭력을 내뿜는 국가들에 그 대신 가장 큰
연민을 보내도록 가르치길 희망한다. 나는 곧 그러하기를

바란다. 합법적 피난과 비합법적 이민의
유일한 차이는 우리가 얼마나

기꺼이 우리 집 문을 열어 피난처를 제공하고,
서로에게 보살핌의 지평을 제공하는가이기를.

크레이그 페레즈, 오민석 옮김

● 타자를 전유(專有)의 대상이 아니라 나와 다를 바 없는 주체성의 소유자로 인정할 때, "나-너"(마르틴 부버)의 상호적 · 직접적 · 현재적 · 인격적 관계가 성립된다. 이 '황홀한' 합일의 상태에서 모든 "너"의 일은 "나"의 일이 된다.

●○ 태평양 괌 원주민 출신인 현역 미국 시인의 최근작이다. 그는 UC 버클리에서 비교문학으로 박사학위를 받았으며 현재 하와이대 영문학과 부교수다. 2015년 미국도서상 수상자이기도 하다.

어린 아기의 아버지인 그는 자신을 내전의 한가운데 있는 시리아인으로 환치함으로써 공포를 현실화한다. 타자를 이해하는 것은 어찌 보면 간단한 일인지 모른다. 거꾸로 생각하면 되는 것이다. 추악하지 않은 전쟁은 없다.

희망은 외양간의 지푸라기처럼

희망은 외양간의 지푸라기처럼 빛나는 것.
미친 듯 나는 말벌을 겁낼 건 뭐니?
저기 봐, 햇빛은 언제고 어느 구멍으로 비쳐 들어오잖아.
왜 잠을 못 잤어, 그렇게 탁자에 팔굽을 기대고?

창백한 가여운 영혼아, 이 찬 우물의 물이나마
마셔보렴. 그 다음 잠을 자. 자, 보렴. 내가 여기 있잖아.
네 낮잠의 꿈을 어루만져주마.
요람 속에 흔들리는 아기처럼 콧노래를 부르렴.

정오의 종이 운다. 부인이여, 부디 물러가시오.
이 앤 자고 있소. 참 이상한 일이지만, 여인의
발소리는 가여운 이들의 머릿속까지 귀찮게 울리는 법이
라오.

정오의 종이 운다. 방 안의 화분들에 물을 주게 했지.

자, 자렴! 희망은 구멍 속의 조약돌처럼 빛나는 것,
아, 구월의 장미들이 다시 필 때에는!

폴 베를렌, 곽광수 옮김, 『예지』, 1993

● 생각지도 않은 계기가 절망을 희망으로 반전시킬 때가 있다. 보잘 것없는 생각이 희망의 전사(前史)가 될 때가 있다. 절망의 두께로 창백해졌을 때, "외양간의 지푸라기"처럼 가볍게 절망을 털어야 할 때도 있다. 삶은 단층이 아니라 입체이므로 그것을 대하는 태도도 다층적일 필요가 있다. 희망이여 내게 와서 "아기처럼 콧노래를 부르렴".

●○ 절망의 한가운데 있을 때, 세상의 "말벌"들이 우리를 미친 듯이 쏘아댈 때, 마치 길이 없는 것처럼 막막할 때가 있다. 그러나 희망은 언제고 "외양간의 지푸라기처럼" "어느 구멍"으로나 비쳐 들어온다. 희망은 무슨 폭탄처럼 강력한 울림으로 오지 않는다. 생의 빈틈으로, 상처 사이로, 마치 "천천히 물방울이 떨어지듯이"(W. B. 예이츠) 그렇게 온다. 믿기 어려운가. 희망은 논리가 아니라 믿음이다. "창백한 가여운 영혼"들은 그 믿음이 없다.

제
2
부

·
·
·

사
랑

풍문

당신이 그곳으로 떠났다는 이야기를
풍문으로 들었어요
풍문 속에는 치자꽃 향기
점점이 연분홍으로 떠 있고
듣는 것만으로도
어지러이 취한 듯 달아오르며
나는 벌써 당신이 도착할 그곳의
적막한 밤불처럼 드리워지기 시작하는 것이에요
당신이 닿으려고 하는 그 자리
당신이 이미 가버리고 없을지도 모르는
그곳을 향하여 뻗어가는
내 마음의 날개 돋친 말발굽 소리 들리지요
난절亂切의 빗소리 앞장세우면
당신보다 한 사나흘 앞질러
내가 먼저 그곳에 당도해 있을지도 모르는 일!

김명리, 『제비꽃 꽃잎 속』, 2016

● 글은 사실상 세계의 복제가 아니라 세계의 생산이다. 글은 세계에서 시작되지만 그것과는 다른 세계를 형성한다. 그리하여 세계를 있는 그대로 옮겨놓겠다는 모든 시도는, 글이 아니라 세계의 미니어처를 만들겠다는 것이다. 다른 세계를 만들지 못하는 모든 글은 적어도 예술은 아닌 것이다.

김명리의 시들은 그 '다른 세계'에서 빛나고 있다.

●○ 그리움은 사랑을 앞서간다. 떠난 사람아, 나는 당신보다 먼저 가서 당신을 기다릴 것이다. 풍문일지라도 당신은 내 그리움의 반경을 떠나지 못한다. 말하자면 당신은 갇힌 것이다. 당신은 끝내 이별(離別)에 닿을 수 없다.

격렬비열도

격렬과
비열 사이

그
어딘가에
사랑은 있다

박후기, 『격렬비열도』, 2015

● 사랑이 격렬만이 아니라 비열의 옆구리를 가지고 있음을 알기. 그래서 사랑엔 늘 어두운 그림자가 있지. 격렬의 불꽃 속에서 빛나는 비열의 아픔 때문에 사랑은 민무늬가 아니고 겹무늬로 존재한다. 그대, 지금 어디 있는가.

●○ 그 이름도 독특한 격렬비열도는 우리나라 제일 서쪽에 위치해 있어서 "서해의 독도"라고도 불린다. 그러나 독도처럼 '홀로' 있는 것이 아니라 격렬, 비열, 그리고 사랑처럼 세 개의 섬 동격렬비열도, 서격렬비열도, 북격렬비열도로 이루어져 있다. 원래 무인도였는데 얼마 전 사람이 있는 등대가 부활되어 조금 따뜻해졌다.

시의 제목과 실제 섬의 한자 표기는 다르다. 쉬클로프스키의 말마따나 시는 "일상 언어에 가해진 (통제된) 폭력"이다. 시인은 자연물에 인위적인 기법을 덧입힌다. 그리고 예술은 이 기법을 경험하는 한 방식이다. 격렬하고 비열한 사랑을 해본 자만이 이 일을 할 수 있다. 사랑은 낮아서 높고, 높아서 쓸쓸하며, 그 쓸쓸함 때문에 때로 비열의 길을 걷는다. 그리하여 격렬과 비열은 쌍둥이 같다. 사랑이 늘 위태로운 이유다.

소네트 116

진실로 사랑하는 사람들의 결혼을
방해하지 말지니. 변할 거리가 생겼을 때
변하는 것은 사랑이 아니지,
혹은 평계가 있을 때 사라지는 것도 사랑이 아니지.
오, 아니야, 사랑은 영원히 고정된 표지야,
폭풍우를 쳐다보면서도 결코 흔들리지 않는.
그 높이는 알되 그 진가를 아무도 모르는,
모든 방황하는 배들의 별,
사랑은 시간의 노리개가 아니지, 비록 장밋빛 입술과 뺨이
시간의 구부러진 칼날 아래 있을지라도.
사랑은 시간의 짧은 단위에 따라 변하지 않으며,
운명의 마지막 모서리까지 견뎌내지.
만일 이것이 잘못이고, 그것이 증명된다면,
나는 글도 쓰지 않았고, 그 누구도 사랑하지 않았으리.

윌리엄 셰익스피어, 오민석 옮김

● 아주 오래전 집안의 반대로 결혼을 못 하던 제자를 앉혀놓고 이 시를 읽어준 적이 있었다. 지금도 그 생각에 변함이 없다. 사랑하면 같이 살아야 한다. 사랑하는 사람들의 결혼을 그 어떤 이름으로도 방해하지 마라.

●○ 세상이 변해도 마지막 이정표는 사랑이다. 시간의 칼날 아래 모든 것이 변해도 사랑은 손상되지 않는 가치다. 사랑은 모든 사유(思惟) '너머'에 있다. 그런 "별"이 없다면 글은 써서 무엇하리. 셰익스피어가 세상을 뜬 지 400년이 지났다. 더 세월이 지나도 사랑 없이 살 수 없다.

첫사랑

바람이 몹시 불던
어느 봄날 저녁이었다

그녀의 집 대문 앞에
빈 스티로폼 박스가
바람에 이리저리 뒹굴고 있었다

밤새 그리 뒹굴 것 같아
커다란 돌멩이 하나 주워와
그 안에
넣어 주었다

고영민, 『구구』, 2015

● 결국 사랑이다. 사랑은 모든 서사(敍事)의 출발이고 종점이다. 사
랑으로 시작한 자가 다시 사랑을 배우고, 죽음으로 사랑의 마지막 별
리(別離)를 이룬다. 그 길 가운데 내 사랑은 얼마나 아팠고 얼마나 커
졌나.

●○ 전혀 이질적인 것들을 연결해 '새로운 전체'를 만들어내는 상
상력을 T. S. 엘리엇은 "통합된 감수성(associated sensibility)"이라
고 했다. 이 시는 엉뚱하게도 스티로폼 박스와 돌멩이를 연결해 "첫
사랑"을 그려내고 있다. 사랑은 흔들리고 "이리저리" 뒹구는 것들을
'가만히' 눌러 중심을 잡아주는 과정이다. 바람이 몹시 부는 "봄날"은
사랑의 불안한 상태를, "돌멩이"는 사랑의 안전한 무게중심을 지시하
는 기표들이다. 불안-안전의 이 팽팽한 긴장 사이에 사랑이 존재한
다. 게다가 첫사랑이라니.

나의 손이 꽃잎을 떨어낼 수 있다면

－1919년 11월 10일, 그라나다

어두운 밤이면
나는 너의 이름을 불러본다,
별들이 달에게로
물 마시러 올 때,
숨은 나무 이파리들의
잎가지가 잠들 때,
그때 나는 사랑도 음악도
없는 텅 빈 나를 느낀다.
죽은 옛 시간을 헤아리며
노래하는 미친 시계.

오늘 이 어두운 밤에
나는 너의 이름을 불러본다.
그러자 지금은 너의 이름이
어느 때보다 더욱 멀리 들린다.
모든 별들보다 더욱 멀리

서서히 내리는 빗소리보다 더욱 아프게.

그때처럼 언제 한번
너를 사랑할 수 있을까? 내 마음에
무슨 죄가 있는가?
이 안개가 걷히면
어떤 다른 사랑이 나를 기다릴까?
그 사랑은 순수하고 조용할까?
아, 나의 이 손가락들이 달의
꽃잎을 떨어낼 수만 있다면!

페데리코 로르카, 민용태 옮김, 『로르카 시 선집』, 2008

● 프랑코 총독 치하의 스페인 극우파들이 그를 잡아갈 때 그들은 로르카가 "글을 써서 우리에게 총보다 무서운 상처를 입힌 장본인"이라고 떠들어댔다. 그러나 그는 사회주의자도 공산당원도 아니었다. 내가 볼 때 그는 다만 '사랑주의자'였을 뿐. 그리고 몇몇 작품에서 극우파 민병대원들의 만행에 대한 혐오를 표현했을 뿐이다. 자신의 죽음을 예견한 「묘비명」이라는 시를 보라. 누가 산 사람에게 자신의 죽음을 미리 노래하게 하는가.

묘비명

내가 죽거든,
나를 나의 기타와 함께
모래 아래 묻어주오.

내가 죽거든,
박하와 오렌지 밭 사이
내가 죽거든.
내가 죽거든
마음 내키면 그냥
풍향계 속에 묻어주오.

●○ 1898~1936년이라는 그의 생몰기(生沒記)는 양차 세계대전의 비극으로 가득 차 있다. 그는 만 38세에 스페인의 프랑코 치하에서 극우파 민족주의자들에게 누명을 쓰고 총살되었다. 이 시는 그의 나이 스물한 살(1919)에 쓴 것이다. 그는 이렇듯 평생 사랑을 구했으나 역사의 "안개"가 그를 오해했던 것이다. "순수하고 조용"한 사랑은 늘 "꽃잎"에 가려 있다. 얼마나 좋을까. 이 꽃잎들을 "떨어낼 수만 있다면" 그리하여 "별들이 달에게로 / 물 마시러 올 때" "너의 이름을 불러"볼 수 있다면.

아늑

쫓겨 온 곳은 아늑했지, 폭설 쏟아지던 밤
깜깜해서 더 절실했던 우리가
어린아이 이마 짚으며 살던 해안(海岸) 단칸방
코앞까지 밀려온 파도에 겁먹은 당신과
이불을 뒤집어쓰고 속삭이던,
함께 있어 좋았던 그런 쓸쓸한 아늑

아늑이 당신의 늑골 어느 안쪽일 거란 생각에
이름 모를 따뜻한 나라가
아늑인 것 같고, 혹은 아득이라는 곳에서
더 멀고 깊은 곳이 아늑일 것 같은데
갑골에도 지도에도 없는 아늑이라는 지명이
꼭 있을 것 같아
도망 온 사람들 모두가
아늑에 산다는, 그런 말이 있어도 좋을 것 같았던

당신의 갈비뼈 사이로 폭폭 폭설이 내리고
눈이 쌓일수록 털실로 아늑을 짜
아이에게 입히던
그런 내밀이 전부였던 시절
당신과 내가 고요히 누워 서로의 곁을 만져보면
간간한, 간간한 온기로
사람의 속 같던 밤 물결칠 것 같았지

포구의 삭은 그물들을 만지고 돌아와 곤히 눕던 그 밤
한쪽 눈으로 흘린 눈물이
다른 쪽 눈에 잔잔히 고이던 참 따스했던 단칸방
아늑에서는 모두 따뜻한 꿈을 꾸고
우리가 서로의 아늑이 되어 아픈 줄 몰랐지
아니 아플 수 없었지

민왕기, 「시인동네」, 2015 가을호

● 대학 시절부터 두각을 나타내던 민왕기 시인은 오랜 기자 생활을 하면서도 시의 땅에서 떠나지 않았다. "깽판"인 세상에서 깡다구로 싸우다가도 그는 늘 "아늑"의 시로 돌아오곤 했으니까. 그는 아늑의 아늑함과 아늑의 쓸쓸함이 겹치는 곳에서 유배 중이다. 거기에 폭설이 내릴 때 겁먹지 마라. "어린아이 이마 짚으며" "해안 단칸방"에서 살던 아늑이 우리를 다시 따뜻하게 데워줄 것이다.

●○ 삶은 얼마나 위태로운가. 오죽하면 어떤 시인은 "나는 지뢰밭 위에서 잔다"고 고백했을까. 그리하여 우리는 일상 속에서도 늘 피난처를 구한다. 어머니의 자궁처럼 아늑하고 안전한 공간. 뭔가에 쫓길 때나 겁먹었을 때, "깜깜해서 더 절실"할 때, 나의 피난처는 어디인가. 함께 "이불을 뒤집어쓰고 속삭"이는 "당신" 때문에 그나마 이 세상이 살 만하다. 그럼에도 불구하고 지상에서 모든 "아늑"은 "쓸쓸한 아늑"이다. 결핍은 유한자(有限者)인 모든 인간의 운명이기 때문이다. 그러나 결핍과 유한성 안에서 분투한다는 것은 또한 얼마나 장엄한 일인가. 결핍이 우리를 키운다.

초록 도화선을 통해 꽃을 몰아가는 힘이

초록 도화선을 통해 꽃을 몰아가는 힘이
내 초록 나이를 몰아간다, 나무의 뿌리를 말리는 힘이
나의 파괴자이다.
그리하여 나는 구부러진 장미에게 말할 수 없네
내 젊음이 똑같은 겨울 열병에 굽어버렸음을.

바위들 틈으로 물을 밀어붙이는 힘이
내 붉은 피를 몰라간다, 중얼대는 시냇물을 말리는 힘이
내 시냇물을 밀랍처럼 굳게 만든다.
그리하여 나는 내 혈관에게 중얼댈 수 없네
산속 옹달샘에서 똑같은 입이 어떻게 빨고 있는지를.

웅덩이의 물을 소용돌이치게 하는 손이
모래 수렁을 휘젓는다. 부는 바람을 밧줄로 묶는 손이
내 수의(壽衣)의 돛폭을 끌어당긴다.
그리하여 나는 목매달린 자에게 말할 수 없네

어떻게 내 흙이 목매달린 자의 석회로 만들어져 있는지를.

시간의 입술은 샘물의 근원을 빠는 거머리,
사랑은 방울져 모이지만, 부디 떨어진 피가
그녀의 상처를 가라앉혀주기를.
그리하여 나는 날씨의 바람에게 말할 수 없네
시간이 어떻게 별들을 돌아 하늘에 째깍거리는 소리를 남겼
는지를.

하여 나는 애인의 무덤에 말할 수 없네
똑같이 구부러진 벌레가 어떻게 내 침대보를 기어가는지를.

딜런 토머스, 오민석 옮김

● 학부 졸업논문을 딜런 토머스로 썼다. 딜런 토머스는 나를 아껴주시던 은사님의 연구실 여기저기에 숨어 흐느끼고 있었다. 그의 입에서 가끔 욕설이 나왔으며, 그가 생계를 위해 대도시에서 열리는 시낭송회에 갈 때마다 위스키 냄새가 코를 찔렀다. 그가 남긴 소설집 『젊은 개 예술가의 초상(*Portrait of the Artist as a Young Dog*)』은 결국 자신을 그린 것이었다.

●○ 딜런 토머스는 "무모했고, 불꽃처럼 타올랐으며, 불경스러웠고, 순진했으며, 추잡스러운 술꾼이었다. 그는 '시인의 원형'이었다."(데이비드 데이치스) 생의 동력이 결국은 죽음의 동력이라는 역설을 노래하고 있는 이 시는 그에게도 고스란히 적용된다. 그는 불꽃처럼 시를 썼으며, 그것이 그를 살게 했고 그를 죽게 했다. 서른아홉 살에 그는 뉴욕에서 세상을 떴다. "초록 도화선을 통해 꽃을 몰아가는 힘"이 그를 파괴했던 것이다.

새가, 날아간다

차는 강을 따라 한 시간쯤 달린다
시간이 멈추어 끈적거린다
흑백사진 속으로 들어서자
잠시 덜컹거리던 길은 다시 평탄해진다

빛과 어둠으로만 구별된다
깨끗하거나 얼룩이 묻은 흔적이 흐릴 뿐이다
씻어낸 강물처럼 마음에 빗금이 그어진다
아니, 투명해진다
지워진다

허공에 박힌 새가
우리를 내려보고 있다
새 눈에는 세상 모든 얼룩들도, 그 무게조차
자신보다 더 작은 점일 뿐

사랑해

이건 얼마나 두텁게 간이 밴 말인가

새가 이미 우리 쓰림을 다 알고 있다고 눈 끔뻑이더니

무명을 털고 날아간다

허공 가득

흰꽃이 날린다

정한용, 『흰꽃』, 2006

● 가끔 내려다봄의 연쇄를 생각한다. 16층 아파트 베란다에서 내려다보면, 누군가 보고 있다는 것도 모른 채 저 까마득한 아래에서 행하는 악의 모습들이 가끔 보인다. 그것을 내려다보며 쓴웃음을 지을 때, 더 높은 곳에서 누군가가 나를 내려다보고 있다는 생각이 번개처럼 스친다. 시선 위에 시선 있고, 그 시선 위에 또 다른 존재의 시선이 있다. 겸허할 일이다.

●○ 저 높은 하늘에서 새의 눈으로 바라보는 인간의 세계는 얼마나 작고 하찮은가. 그러나 "한 알의 모래에도 하나의 세계가 있고, 한 송이의 들꽃에도 천국이 있다."(윌리엄 블레이크) 초월보다 아름다운 것은 아래를 들여다보는 일이다. 그리하여 "사랑해"라는 한 마디가 "얼마나 두텁게 간이 밴 말"인지 아는 것. "허공에 박힌 새"는 지상으로 내려와서야 비로소 세계를 본다. 우리도 더 내려갈 때 아픔이, 결핍이, 두텁게 간이 밴 삶이 보인다. 사랑은 내려가서 함께 앓는 것이다.

바람의 기원

향나무 밑둥치가 두 갈래로 갈라진 틈새에서
백송 한 그루가 자라고 있습니다
역경을 극복하는 것처럼
고전적인 일입니다
당신에게 나의 눈빛이 닿았을 때도 그랬을 것입니다
경건과 황홀과 우울한 표정을 지나
당신의 몸과 내 뿌리의 전쟁
바람이 북동풍에서 북서풍으로 바뀌어서 혹은
새의 부리가 당신 가지에 걸린 탓도 있겠지만
당신을 알고부터 난
불가항력을 사랑하게 되었습니다
향나무와 소나무처럼
당신과 난 이질적이었고
언제나 나는 햇살에 목이 말랐습니다
나는 당신을 빨아들여 내 가지들을 길렀고
당신은 이른 봄 새의 모가지처럼 수척해졌습니다
바람에 당신이 흔들릴 때

내 머리 위에 떨어지던 햇살들을 따라
죽거나 산 내 가지들이
목을 빼기도 했습니다
겨울을 준비하는 가을의 바람처럼
전쟁을 위한 평화나
평화를 위한 전쟁뿐이었습니다
그러나 당신의 의지는 바람의 의지였고
나는 햇살의 의지였다고 말하지 않겠습니다
당신과 내가 없이는
바람도 없기 때문입니다
향나무대로 소나무대로
순응이나 제스처가 아닐
정곡으로 가겠습니다
내 갈라진 둥치에도
바람 한 점이 떨어졌습니다

김명철, 『바람의 기원』, 2015

● 불가항력을 사랑하는 자만이 관계를 지속한다. 가계(家系)는 불가
항력을 이겨 항력을 기른 사람들의 수직적·수평적 모임이다. 그 안에
"경건과 황홀과 우울"이 있다. 사랑 없이 불가항력을 이길 수 없으니,
모든 가계는 그 자체 사랑의 기록이다. 가계와 가계가 만나 또 하나의
"백송 한 그루"를 키워낸다. 가계는 사랑의 부피다.

●○ 누구나 그러고 살지만, 생판 다른 남들이 만나 한 가계를 꾸린다는 것은 얼마나 장엄한 일인가. "불가항력" 같은 차이를 극복하고 그 사이에 "백송 한 그루" 같은 자식을 꽃처럼 키워내는 것. 그 "경건과 황홀과 우울" 때문에 우리는 때로 위대하다. 사랑은 두 사람의 "전쟁"을 넘어 스스로 무너져주는 것이다. 그게 사랑의 법칙이고 "기원"이다.

할렘 강 환상곡

강가에 내려가본 적이 있는가―
새벽 두시에 홀로?
강가에 앉아
왜 버림받았는지 생각해본 적이 있는가?

어머니에 대해 생각해본 적이 있는가?
하느님, 돌아가신 어머니를 축복하소서!
사랑하는 이를 생각해본 적이 있는가?
그녀가 차라리 태어나지 말았기를 바란 적이 있는가?

할렘 강가에 내려가,
새벽 두시에
한밤중에
너 홀로!
주님, 죽고 싶어요―
그러나 내가 떠나면 누가 날 그리워할까?

랭스턴 휴즈, 오민석 옮김

● 세상에서 가장 큰 상처는 버림받는 것. 위로받을 아무 곳도 없는 것. 마지막 위로처인 어머니도 돌아가시고 없는 것. 그리하여 아무도 없는 새벽 강가에 가서 혼자 우는 것. 나를 버린 그 사람과의 모든 역사를 지우는 것.

●○ 랭스턴 휴즈는 1920~1930년대에 이른바 "할렘 르네상스"를 이끈 미국의 대표적인 흑인 시인 중 한 명이다. 그는 20대 후반 할렘에 정착한 이후 죽을 때까지 그곳을 떠나지 않았다. 무엇이 그를 새벽 강가에 홀로 앉아 울게 했을까. 문맥을 보면 그는 사랑을 잃었다. 이 시가 수많은 독자들의 공감을 얻은 이유는 무엇일까. 많은 사람들이 저마다 새벽에 홀로 일어나 울 만한 사연들을 가지고 있기 때문이다. 문제는 우리가 슬픔에 젖을 때 왜 "돌아가신 어머니"가 생각나느냐는 것이다. 어머니는 나이 불문, 우리 슬픔의 마지막 위로처다.

눈물이, 부질없는 눈물이

눈물이, 부질없는 눈물이, 뜻도 모를 눈물이,
어떤 신성한 절망의 깊이에서 나온 눈물이
가슴에 차올라 눈에 어리네,
행복한 가을 들판을 바라보며,
사라진 날들을 생각할 때.

지하에서 친구들을 불러올리는
돛폭에 반짝이는 첫 햇살처럼 신선한,
사랑하는 모든 이들과 수평선 아래로 가라앉는
돛폭을 붉게 물들이는 마지막 햇살처럼 슬픈,
가버린 날들은 그렇게 슬프고 신선하네.

아, 죽어가는 눈망울에 여닫이창이
천천히 희뿌옇게 사각(四角)을 이룰 때
어두운 여름 새벽, 죽어가는 귀에 들리는
잠이 덜 깬 새들의 가장 이른 피리 소리처럼

슬프고 낯선,
그렇게 슬프고, 그렇게 낯선, 가버린 날들이여.

죽음 뒤의 추억의 키스들처럼 사랑스러운,
주인이 따로 있는 입술에 가망 없는 환상이
하는 척하는 키스처럼 달콤한, 사랑처럼 깊은
첫사랑처럼 깊은, 그리고 온갖 후회로 사나운,
오 삶 속의 죽음이여, 가버린 날들이여!

앨프리드 테니슨, 오민석 옮김

● 잘 운다는 것은 자신과 세계 사이에 넓고 깊은 공감의 영역이 있다는 증거다. 공감이 사라진 곳에 눈물은 없다. 함께 울 때 하나의 운명이 된다.

●○ 눈물은 사라져 다시 못 볼 것에 대한 그리움의 표현이다. 동시에 눈물은 살아 있음의 현재에 대한 "신선한" 감동의 결과다. 눈물을 흘릴 때 우리는 가장 진실해진다. 그래서 모든 눈물은 근본적으로 "신성한" 것이다. 이 시에서 눈물은 죽은 "친구들"과 함께하고, 앞으로 죽을 "사랑하는 모든 이들"과 함께한다. 단언컨대 사랑하지 않는 한 애통도 없다. "나는 애통해한다. 고로 존재한다."(자크 데리다) 사랑하지 않는 자는 눈물을 흘리지 않는다. 눈물도 특권이다.

남국에서

(…)

착실하기만 하다면―그것은 인생이 아니다.

언제나 돌다리를 두드리고 걷는, 그것은 딱딱하고 편하지
않다.

바람에게 말했지, 나를 밀어 올려 달라고.

나는 새들과 어울려 나는 것을 배웠지―

남녘을 향해, 바다를 건너 나는 비상하였다.

이성이라고? 지겨운 노릇!

이성은 너무 빨리 우리의 목표를 채워 버린다.

(…)

망설이며 고백하지만,

나는 몸서리치게 늙은 여인을 사랑했지.

그 늙은 여인은 〈진리〉라 불렸다.

니체, 이상일 옮김, 『디오니소스 찬가』, 2000

● 몇 년 전 니체 시 전집이 국내에 번역되어 나왔다. 니체의 시는 시 면서 니체 사상의 압축이다. 니체를 읽을 때마다 그가 철학자면서 동시에 탁월한 문장가임을 실감한다. 『차라투스트라는 이렇게 말했다』 만 하더라도 전통 철학적 스타일에서 완전히 벗어난 글쓰기의 새로운 모델을 보여준다. 니체는 기존의 모든 형식을 무시하면서 자기만의 고유한 장르를 개척했다. 그는 늘 외로웠고, 정신병동에서 외롭게 죽었다. 정신의 극한을 시험한 자들의 비극이다.

●○ 질 들뢰즈는 "현대철학이 대부분 니체 덕으로 살아왔고, 여전히 니체 덕으로 살아가고 있다"고 했다. 니체는 "착실하기만" 한 이성 (理性) 중심의 사유를 거부했다. 이성을 "지겨운 노릇"이라고 했으니 오죽할까. 말하자면 그는 "돌다리도 두드리고 걷는" '범생이' 철학을 거부했던 것이다. 그는 "바람"처럼 자유로웠고, 디오니소스처럼 열정적이었다. 절대적 중심을 거부한 그도 그러나 〈진리〉라는 "늙은 여인"을 사랑하지 않을 수 없었다. 누구도 진리의 문제에서 자유롭지 않다.

집시

붉은 스카프를 맨 남자, 나는,
내가 가진 것, 지난주에 번 것을 그대에게 주리.
그것을 가지고 가 그대에게 은반지 하나를 사주리
그러니 나와 결혼해, 내 갈망들을 잠재워주오.

그대와 결혼하면, 나머지 생애 동안
나는 그대를 위하여 땀으로
이마를 적시고, 그대를 찾아 집으로 들어가리,
그러면 그대는 내 등 뒤에서 문을 닫으리.

D. H. 로런스, 오민석 옮김

● 모든 청년은 "붉은 스카프"를 맨 유랑민이다. 유랑의 동력으로 청년 시절은 빛난다. 그때 우리는 얼마나 많은 책들과 얼마나 많은 사람들을 찾아 헤맸는가. 그 빛나던 청춘은 그러나 늘 어두운 그림자와 함께했다. 희망과 불안이 뒤엉킨 유목 생활은, 그러나 당신을 만나면서 끝이 났다. 나는 스스로 당신에게 갇혔다. 가끔 이 정주(定住)의 삶도 불안해 나는 탈주를 꿈꾸지만 그래봐야 그것은 소주 몇 잔의 자유. 당신은 고원(高原)처럼 나를 품고, 나는 이름표를 단 아이처럼 그 안에서 떠돈다.

●○ 로런스는 『아들과 연인』『채털리 부인의 연인』을 쓴 소설가지만 여러 권의 시집을 낸 시인으로도 유명하다. 시 속의 남자는 현재 유랑의 삶을 살고 있다. 「집시」라는 제목이 그것을 알려준다. 유랑의 동력은 "붉은 스카프"가 상징하는바 "갈망"이다. 모든 갈망은 무엇에 '대'한 갈망이고, 그 무엇을 찾아 끊임없이 떠돈다. 갈망이 그 대상을 획득하는 순간 유목의 삶은 '정주(定住)'의 삶으로 바뀐다. 스스로 "집"으로 들어가는 삶, 그대가 "내 등 뒤에서 문을 닫"아주는 삶, 그리하여 적극적으로 갇히는 삶 말이다.

합장(合葬)

눈물샘 다 말라버린 아버지
혼자 오래 누워 있던 어머니
시간과 시간을 포개어
이윽고 한 몸이 되었다
열여섯 해 만이었다
빗방울이라도 떨어지면
산비탈 연둣빛 풀잎들이
가느다란 허리로 춤을 춰댔다
달빛 켜지는 한밤중이면
아버지한테서 어머니한테로
흐르는 물소리 찰랑거리고
달빛 고봉으로 찬 봉분 속
달그락달그락
밥숟가락 마주치는 소리 환하다

박완호, 『너무 많은 당신』, 2014

● 어제는 눈이 내렸고 시인들과 어울려 눈이 그치는 것을 보았다. 삶 너머를 생각했고 어떤 죽음의 자세한 이야기를 들었다. 이승에서의 삶은 얼마나 위태로운가. 조용히 내리는 눈처럼 그저 모두들 평안했으면 좋겠다.

●○ 오래 지병을 앓은 어머니와 "눈물샘"이 다 말라버리도록 고통의 생애를 산 아버지가 "열여섯 해 만"에 다시 무덤에서 만난다. 둘은 이 승에서처럼 저승에서 다시 "포개어" 한 몸이 되었다. "연둣빛 풀잎들"과 "달빛"이 이들의 재회를 함께 기뻐한다. 불운의 현세(現世)가 사라진 곳에서 "밥숟가락 마주치는 소리"가 더욱 환하고, 죽음의 봉분이 "고봉"밥처럼 풍요로우니 이들의 현세는 얼마나 아프고 괴로웠을까. 그러나 눈물겨운 현세에서 내세로 이어지는 이 못 말리는 사랑의 시간성이 그들의 불행을 압도한다. 보라, 죽음도 불행도 치명적인 사랑을 이기지 못한다.

나비족

해변에서 생몰연대를 알 수 없는 나비를 주웠다

지구 밖 어느 행성에서 날아온 쓸쓸한 연애의 화석인지
나비는 날개를 접고 물결무늬로 숨 쉬고 있었다
수 세기를 거쳐 진화한 한 잎의 사랑이거나 결별인 것

공중을 날아다녀본 기억을 잊은 듯
나비는 모래 위를 굴러다니고 바닷물에 온몸을 적시기도 한다
아이들은 그것이 나비인 줄도 모르고 하나둘 주머니에 넣는다

이렇게 무거운 나비도 있나요?
바람이 놓쳐버린 저음의 멜로디
이미 허공을 다 읽고 내려온 어느 외로운 영혼의 밀지인지
도 모른다

공중을 버리고 내려오는 동안 한없이 무거워진 생각

티스푼 같은 나비의 두 날개를 펴본다 날개가 전부인 고독
의 구조가 단단하다
찢어지지도 접히지도 않는

바닷속을 날아다니던 나비

홍일표, 『밀서』, 2015

● 하늘을 날던 나비가 돌 속에 잠들어 있다. 게다가 바닷물 속에서의 잠이라니. 우리는 어느 화석(化石)에 포섭될까. 사소한 모든 것들이 기억의 지층에 기록된다. 그러니 함부로 살 일이 아니다.

●○ 한때 공중을 날아다니던 나비가 바닷물 속에서 "물결무늬로 숨쉬고" 있다. 나비는 "수 세기를 거쳐" 진화의 역사를 쓰고 있는 중이다. 그의 "쓸쓸한 연애" "한 잎의 사랑" 또는 "결별"은 화석 속에 포획되어 존재의 긴 흔적을 보여준다. 존재는 살아서도 끝없는 변용(metamorphosis)의 길 위에 있지만, 죽어서 더 자유로운 변용의 모습을 보여준다. 하늘의 나비가 돌처럼 무거워져 바닷속에 잠겨 있는 모습이 바로 그것이다. "생몰연대"를 넘어서는 이런 흔적이 지상에 얼마나 많은가.

눈이 오시네

눈이 오시면—
내마음은 밋치나니
내마음은 달뜨나니
오 눈오시는 오날밤에
그리운 그이는 가시네
그리운 그이는 가시고
눈은 작고 오시네

눈이 오시면—
내마음은 달뜨나니
내마음은 밋치나니
오 눈오시는 이밤에
그리운 그이는 가시네
그리운 그이는 가시고
눈은 오시네!

이상화, 『이상화시전집』, 2001

● 동일한 문장도 옛 말투로 말하면 전혀 다른 느낌으로 다가온다. 믿기는가. 먼 옛날에는 눈도 그냥 오는 게 아니라, 경어체로 "오신다". 그래서 내리는 눈이 내 마음을 "밋치"게 해도 사나운 바람이 일어나지 않았다. "오늘밤"은 없었고 "오날밤"만 있었다.

●○ 「빼앗긴 들에도 봄은 오는가」의 시인 이상화의 미발표 유고작이다. 1963년 5월 17일자 「한국일보」에 2연만 게재되었던 것을 원문 그대로 옮겼다. "밋치나니(미치나니)" "오날밤에(오늘밤에)" "작고 오시네(자꾸 오시네)"와 같은 1960년대식 어법이 감칠맛 나게 읽힌다. 리듬도 옛 노래처럼 정겹게 살아 있다. '눈이 오시면 내마음은 밋치나니, 오날밤에 그리운 그이는 가시는데, 눈은 작고 오시니, 내마음을 어찌할 것인가.' 앞만 보고 정신없이 가다가 갑자기 등 뒤가 따스해진 느낌이다. 내 마음을 미치게 하는 눈조차 오는 것이 아니라 오신다. 사납지 않다.

젖지 않는 물

살면서 뜨겁다는 말을 덧붙이고 싶은 것은 오로지 사랑에 대한 것뿐이다. 단 한 번의 사랑이 나를 그렇게 가두었다. 길들였다. 이후 그 어떤 것에게도 뜨거움을 느낄 수가 없다. 불감의 나날 속에는 데인 추억만 우뚝 서 있다. 그 추억에 검버섯이 피어도 싱싱하다. 청춘의 한 페이지가 거기에서 멈췄다. 하여 나는 더 이상 젖어들 수 없다.

이향란, 『한 켤레의 즐거운 상상』, 2011

● 단 한 번의 사랑이 모든 것을 인(印)치고 닫는다면, 그리하여 불감(不感)의 감옥에 갇힌다면, 다 젖어서 이미 젖을 수가 없다면, "추억에 검버섯이 피어도 싱싱"하다면?

●○ 프로이트에 따르면 에로스의 목적은 "더 큰 결속을 이루고 그것들을 서로 묶는 것"이다. 리비도가 대상으로 완전히 전이되어 대상이 자아를 대체해버릴 때 우리는 "사랑에 빠졌다"고 한다. 뜨거운 사랑에 데어본 자는 안다. 다른 어떤 것으로도 리비도가 전이되지 않는다는 것을. 자아는 망각으로 사라지고, 그 어떤 것에 의해서도 "더 이상젖"지 않는 상태에서 쩔쩔 매는 것, 그게 사랑이다.

푸른 곰팡이
– 산책시(散策詩) 1

아름다운 산책은 우체국에 있었습니다
나에게서 그대에게로 편지는
사나흘을 혼자서 걸어가곤 했지요
그건 발효의 시간이었댔습니다
가는 편지와 받아볼 편지는
우리들 사이에 푸른 강을 흐르게 했고요

그대가 가고 난 뒤
나는, 우리가 잃어버린 소중한 것 가운데
하나가 우체국이었음을 알았습니다
우체통을 굳이 빨간색으로 칠한 까닭도
그때 알았습니다, 사람들에게
경고를 하기 위한 것이겠지요

이문재, 『산책시편』, 1993

● 속도 지배의 세계는 느림을 용서하지 않지만 그럴수록 버티고 '개기는' 재미도 크다. 제아무리 빠름이 좋다 해도, 가령 어떻게 책을 빨리 읽나. 니체는 가장 훌륭한 독서는 "느리게 읽기(slow reading)"라고 했다. 느리게 책을 읽을 때 내 안에 "발효의 시간"이 살아 있음을 느낀다. 아무리 밀어봐라, 누가 빨리 가나.

●○ 속도 지배의 세계는 "발효의 시간"을 버린다. 세계는 채 익기도 전에 버려지는 것들로 가득하다. 더디 가는 시간의 "푸른 강"은 사라지고 없다. "사나흘을 혼자서 걸어" 당신에게 가보고 싶다. 빨간 우체통은 그리움과 기대감으로 넘치고 당신은 아직도 오고 있는 중인 그먼 시간으로 돌아가고 싶다. 속도가 제왕인 세계는 이런 발상을 낭만적 또는 시대착오적 "곰팡이"라고 부를지 모른다. 그러나 곰팡이도 발효의 시간을 겪는다.

오빠가 되고 싶다

나팔바지에 찢어진 학생모 눌러 쓰고
휘파람 불며 하릴없이 골목을 오르내리던
고등학교 2학년쯤의 오빠가 다시 되고 싶다

네거리 빵집에서 곰보빵을 앞에 놓고
끝도 없는 너의 수다를 들으며 들으며
푸른 눈썹 밑 반짝이는 눈동자에 빠지고 싶다

버스를 몇 대 보내고, 다시 기다리는 등굣길
마침내 달려오는 세라복의 하얀 칼라
'오빠!' 그 영롱한 목소리를 다시 듣고 싶다

토요일 오후 짐자전거의 뒤에 너를 태우고
들판을 거슬러 강둑길을 달리고 싶다, 달리다
융단보다 포근한 클로버 위에 함께 넘어지고 싶다

네가 떠나간 멀고 낯선 서울을 그리며 그리며
긴 편지를 지웠다 다시 쓰노라 밤을 새우던
열일곱의 싱그런 그 오빠가 다시 되고 싶다

임보, 『검은등 뻐꾸기의 울음』, 2014

● 어떤 여고생의 열렬한 "오빠"였던 사촌형의 메신저 역할을 했던 기억이 있다. 초등생 시절 연애편지를 전달해준 대가로 쌍방으로부터 찐빵, 호떡 등을 전리품으로 엄청 챙겼던 기억.

●○ "오빠"는 사랑받는 젊은 남성에게 붙여진 시들지 않는 기표다. 세월이 가도 오빠는 그대로 있어서, 나이를 먹은 남성들은 언제든 그리로 돌아가고 싶어 한다. 팔순을 얼마 앞에 둔 시인도 "오빠가 되고 싶다". "푸른 눈썹"의 소녀를 뒤에 태우고 달리다 "포근한 클로버 위에 함께" 넘어지는 꿈은 얼마나 풋풋한가. 세상의 모든 청춘들이 이 시절을 지났고, 또 지나고 있다.

아이의 질문에 답하기

새가 뭐라고 말하는지 묻는 거니? 참새와 비둘기,
홍방울새와 개똥지빠귀는 말하지, "사랑해 사랑해!"
겨울엔 새들도 조용해—왜냐하면 바람이 너무 세거든,
뭐라고 말하는지 난 모르지만 바람은 큰 소리로 노래를 부
르지.
그러나 초록 잎이 나고 꽃이 피고 햇볕이 따뜻해지면,
노래와 사랑—이 모두가 함께 돌아오지.
종다리는 기쁨과 사랑이 넘치지,
초록 들판은 그 아래, 푸른 하늘은 그 위에 있고,
그는 노래 부르고 또 부르지, 영원히 부르지—
"난 내 사랑을 사랑해요 그리고 내 사랑은 나를 사랑해요!"

새뮤얼 테일러 콜리지, 오민석 옮김

● 연두와 초록으로 온 세상을 다시 칠하는 당신, 고마워요. 사랑한다고 말해주는 당신, 고마워요. 당신을 자주 잊는 나를 용서해주셔서, 고마워요.

●○ 랭보는 "사랑은 재발명되어야 한다"고 말했다. 영국 낭만주의 시인인 콜리지는 '자연'이라는 프리즘으로 사랑을 재해석하고 있다. 입만 열면 "사랑해"라고 노래하는 새들은 나무와 꽃과 햇볕과 뒤섞여 있다. 그러나 추운 겨울바람이 세차게 몰아치면 새들도 입을 다문다. 새들의 통역자인 "나"도 바람의 소리를 번역할 수 없다. 그것은 사랑의 소리가 아니기 때문이다.

봄의 노래

봄은 왔다
그냥 가는 게 아니다

봄은 쌓인다

내 몸은 봄이 둘러주는 나이테로 만들어졌다
스무 살 적 나이테가 뛰기도 하고
그냥 거기 서 있으라
소리치기도 한다

어떤 항구의 풍경이 그림엽서 속에 잡히고
봄밤을 실어오는 산그늘에 묻혀
어둠이 어느새 마을을 덮어주는 내내
한 사람을 그리워한다

봄은 왔다 그냥 가지 않는다

고운기, 「신생」, 2014 여름호

● 봄은 갔고 몸의 책에 나이테 하나가 늘었다. 서사(敍事)가 늘수록 책은 의미로 풍요로워지나, 행복의 지수가 따라 느는 것만은 아니다. 그러나 내 몸의 책을 함께 읽는 이여, 그대가 옆에 있으니 되었다. 살 만하다.

●○ 계절은 서사(敍事)를 낳고 이야기들은 우리 몸에 기록된다. 우리 몸은 계절의 책이다. 푸른 "스무 살"과 "어떤 항구의 풍경" "봄밤을 실어오는 산그늘"의 이야기가 우리 몸에 나이테처럼 새겨져 있다. 그 나이테의 중심엔 늘 '그리운 사람'이 있다. 사람을 중심으로 퍼져가는 동심원들이 해마다 는다. 올해도 봄은 "그냥 가는 게 아니다". 동심원 하나가 늘었다.

제 3 부

．．．

풍
경

노마드

초지를 찾을 수 없어서 집을 짓기 시작했지
바닥을 놓으니 땅의 노래를 들을 수 없었다
기둥을 세우니 풍경이 상처를 입는다
지붕을 만드니 하늘의 소리를 들을 수 없어서
낮에는 갈 곳이 없었고 밤에는 무엇엔가 쫓겼어

내가 지상에서 바라는 것 하나
우루무치행 편도 티켓 하나

유경희, 『내가 침묵이었을 때』, 2016

● 규정할 수 없는 것을 규정하는 순간, 대상은 범주의 감옥에 갇힌다. 규정해서는 안 될 것을 규정하는 순간, 대상은 왜곡된다. 우리의 사유가 유목민의 사유가 되어야만 하는 이유다.

●○ 질 들뢰즈에 따르면, 진리는 늘 생성의 과정에 있기 때문에 구축(構築)의 감옥을 거부한다. 그것은 유목민("노마드")처럼 끝없이 탈주한다. 집을 짓는 정주(定住)의 삶은 역설적이게도 "땅의 노래"를 들을 수 없게 하고 "풍경"에 상처를 입히며 "하늘의 소리"를 들을 수 없게 한다. 시인이 지상에서 바라는 유일한 것은 "우루무치행 편도 티켓 하나"다. 그는 정주를 거부하며 고원(高原)에서 고원으로 이어지는 탈(脫)영토화의 삶을 꿈꾸고 있다.

봄이 올 때까지는

보고 싶어도
꾹 참기로 한다

저 얼음장 위에 던져놓은 돌이
강 밑바닥에 닿을 때까지는

안도현, 『바닷가 우체국』, 1999

● 세상(특히 정치)은 지루하게도 겨울이다. 겨울은 죽음(최악의 상황)을 묵상하기에 좋은 계절이고 헤겔의 말마따나 "죽음과 더불어 정신의 삶은 시작된다". 그런데 그 정신의 삶은 만만한 것이 아니어서 늘 (죽음 같은) 인내를 요구한다. 겨울의 세상이여, 어서 지나가다오.

●○ "존재는 본질적으로 다수다."(알랭 바디우) 단독자는 없다. 우리는 타자의 부재를 견디지 못한다. 늘 누군가를 그리워하거나 최소한 '향해' 있다. 우리가 "보고 싶어" 하는 대상은 사람일 수도, 사람들의 집합체인 어떤 (더 나은) 사회일 수도 있다. 그리하여 모든 갈망은 일종의 조바심인데, 겨울이 지나야 봄이 오는 것처럼 원하는 것들은 빈번히 더디 온다. "얼음장" 같은 세월이 녹고 "돌이 / 강 밑바닥에 닿을 때까지" 기다리고 또 기다리기. "꾹 참기". 그러다 어느새 봄(기운)이 저만치 팔 벌리고 달려오는 것을 목격하기. 너, 여기 있었구나.

난초

오십 줄 내 나이 맑은 어둠을 둘러
어제는 난초잎 한 줄기가 새로 올라왔다

그 해맑은 수묵색 차분한 그늘을 데불고
나의 잠 속엔 한밤 내 벌레가 쑤런거린다

난초잎 한 줄기를 바라보고 있으면
아닌 밤 잠마저 외롭다

정희성, 『답청』, 1997

● 쉰 무렵에 이 시를 썼던 정희성 시인도 벌써 일흔을 훌쩍 넘겼다. 대학 시절 그의 「저문 강에 삽을 씻고」를 읽고 느꼈던 그 암울한 결기 같은 것이 다시 떠오른다. 삶은 소요(騷擾)와 고요 사이를 오가는데, 그사이에 존재는 시간의 열차에 실려 점점 더 최종의 고요 속으로 다가간다. 때로 소요가 그리우면 조금 늙은 것이다.

●○ 지천명(知天命)의 나이가 되도록 시인은 많은 것을 겪었을 것이다. "어둠"과 "그늘"을 거쳐왔으나 난초 앞에 서니 그 어둠과 그늘이 "맑은" "차분한" 것으로 바뀐다. 그래도 생각은 많아 잠 속에서도 "벌레"가 "쑤런거린다". 생은 소요(소란하고 시끄러움) 가운데 가끔씩 고요를 만나는 것. 난초잎이 한 줄기씩 올라올 때가 그런 시간이다. "잠마저" 외로운 시간이지만 그 "해맑은 수묵색"으로 생의 남루(襤褸)가 정갈해진다. 눈 뜨면 다시 벌레들의 쑤런거리는 소리가 들릴 것이다. 생으로 다시 침잠할 때, 난초의 시간이 그리워질 것이다.

목련꽃 우화

내 사랑은 늘 밤하늘 혹은 사막이었다.
멈칫멈칫, 허공의 쟁반을 돌리는 나뭇가지에
흰 불덩이들 걸려 있다.
염천의 사막을 탈주한 낙타의 식욕인지
고압 호스를 들이대도 눈 하나 깜빡하지 않는다.
순정한 저 불의 잔이
나를 유혹하며 숨 막히게 한다.
시인이여, 지옥에서 보낸 한 철이 이런 것이라면
그대가 살았던 곳이 이 같은 지옥이라면
그건 환한 축복이었겠다.
그 지옥 몇 철이라도 견디며
온갖 술들로 지상의 식탁 넘쳐흐르게 하겠다.
눈 속에서 선녀를 놓쳐 버린 시인과
수천의 꽃잎을 날려 버린 황제와
제 품에 들어온 대어를 놓쳐 버린 태공의 전설, 그 아래쪽에
'내 사랑은 늘 밤하늘이었고 사막이었네'

라고 쓴다.

가출한 제 영혼과 줄다리기하던

반생(半生)의 시인과 마주 앉아 삭월의 잔 돌려 마시며

섭생(攝生)이 앙상한 내 시론(詩論) 태워 버린다.

한석호, 『이슬의 지문』, 2013

● 봄은 이성보다는 미친 합일(合一)을 원하는 시절 같다. 넋 잃고 꽃들 들여다보기. 그리고 세상이 지옥이 아니라 축복이라고 믿기. 이 광기의 세월은 일종의 에너지여서 우리를 혼돈에 빠뜨리지만, 이런 중독 상태에 잠시 젖는 것도 괜찮다.

●○ 랭보는 "모든 감각의 착란상태를 통해 미지의 것에 도달할 것"을 이른바 "견자(見者)"의 목표로 삼았다. "모든 독(毒)을 자기 안에 품고 그 독의 진수들만을 유지하는 것"을 통해 그가 본 것은 충격적이게도 "지옥에서 보낸 한 철"이었다. 그는 이름하여 '저주받은' 시인이었다. 한석호 시인은 허공에 걸려 있는 "불의 잔", 목련의 "흰 불덩이들"이 그 지옥을 상쇄한다고 본다. 불타는 사막도 고압 호스도 능가하는 "목련꽃 우화"에 우리는 봄마다 숨 막힌다. 지옥을 넘어서는 그 "환한 축복"에 잠시 눈멀어도 괜찮다.

행여 지리산에 오시려거든

행여 지리산에 오시려거든
천왕봉 일출을 보러 오시라
삼대째 내리 적선한 사람만 볼 수 있으니
아무나 오지 마시고
노고단 구름바다에 빠지려면
원추리 꽃무리에 흑심을 품지 않는
이슬의 눈으로 오시라

행여 반야봉 저녁노을을 품으려면
여인의 둔부를 스치는 유장한 바람으로 오고
피아골의 단풍을 만나려면
먼저 온몸이 달아오른 절정으로 오시라

굳이 지리산에 오려거든
불일폭포의 물 방망이를 맞으러
벌 받는 아이처럼 등짝 시퍼렇게 오고
벽소령의 눈 시린 달빛을 받으려면
뼈마저 부스러지는 회한으로 오시라

그래도 지리산에 오려거든
세석평전의 철쭉꽃 길을 따라
온몸 불사르는 혁명의 이름으로 오고
최후의 처녀림 칠선계곡에는
아무 죄도 없는 나무꾼으로만 오시라

진실로 진실로 지리산에 오려거든
섬진강 푸른 산 그림자 속으로
백사장의 모래알처럼 겸허하게 오고
연하봉의 벼랑과 고사목을 보려면
툭하면 자살을 꿈꾸는 이만 반성하러 오시라

그러나 굳이 지리산에 오고 싶다면
언제 어느 곳이든 아무렇게나 오시라
그대는 나날이 변덕스럽지만
지리산은 변하면서도 언제나 첫 마음이니
행여 견딜 만하다면 제발 오지 마시라

이원규, 『강물도 목이 마르다』, 2008

● 배낭을 메고 해마다 지리산을 완주하던 세월이 있었다. 그때마다 아픈 상처들이 이파리로, 꽃으로, 바람으로 흔들렸다. 하산을 하면 사나흘 사이에 몸무게가 쑥 빠져 있었다.

●○ 산수유가 지리산 산동마을을 노랗게 덮더니, 화엄사에 홍매화가 검붉게 지더니. 이제 하동 쌍계사 골짜기에 벚꽃이 분분(紛紛)하다. 산은 유구한데 저 산에 쌓인 상처는 여전하다. 근대사의 한 고비가 여기에 축약되어 있기 때문이다. 이 시는 가수 안치환이 노래로 부르면서 더 유명해졌다. "행여 견딜 만하다면 제발 오지 마시라"고 시인은 말했으나, 이번 주말엔 시인을 만나러 저 산에 가야겠다.

진경(珍景)

북한산 백화사 굽잇길

오랜 노역으로 활처럼 휜 등
명아주 지팡이에 떠받치고
무쇠 걸음 중인 노파 뒤를
발목 잘린 유기견이
묵묵히 따르고 있습니다

가쁜 생의 고비
혼자 건너게 할 수 없다며
눈에 밟힌다며

절룩절룩
쩔뚝쩔뚝

손세실리아, 『꿈결에 시를 베다』, 2014

● 약할수록 연민도 깊다. 쓴맛을 본 자가 타인의 고통에 공감한다. 함께 아파하지 않는 것은 다른 감정의 파장을 갖고 있기 때문이다. 현(絃)이 다른 현을 건드리듯 공감하는 일생은 그래서 부피가 크다. 내것에 다른 것이 더해지기 때문이다. 약한 것들끼리 울리는 공명(共鳴)은 깊어서 슬프고, 슬퍼서 깊다.

●○ 늙어서 "무쇠 걸음"인 노파와 "발목 잘린" 유기견의 동행을 그린 시다. 그들이 함께 가는 길은 "굽잇길"이고, 노인의 등은 "오랜 노역으로 활처럼" 휘어 있다. "명아주 지팡이"는 노파의 손처럼 울퉁불퉁 마디로 가득하다. 유기견은 발목까지 잘린 채 버려졌지만 "가쁜 생의 고비"를 함께하기 위해 노파를 뒤따른다. 노파가 "절룩절룩" 걸어갈 때 유기견은 "쩔뚝쩔뚝" 걸어간다. 아프고 약한 것들 사이의 이 슬프도록 아름다운 화음(和音)의 저 끝에 산이 있고 절이 있다. 적멸(寂滅)로 가는 길이 화사하다. 그래서 "진경"이다.

재생

명경으로 누운 호수

튀어 오르는 단치 한 마리

나도 처음 인간으로 지상에 올 때

그랬으리

강형철, 『환생』, 2013

● 최초의 신선함이 시간의 더께가 쌓임에 따라 완전히 사라진 상태, 그것이 죽음이다. 우리가 매번 처음의 순간을 기억하고 늘 다시 "튀어 오르는" 것은 죽음을 지연시키기 위한 몸부림이다. 이 환생의 반복이 우리 삶의 물결이다. 그 위에서 다시 튀어 오를 때마다 우리는 새로운 존재다.

●○ 티 없이 맑은 호수 위로 어느 한순간 온몸으로 튀어 오르는 물고기의 존재 선언. 우리는 모두 그렇게 지상에 왔다. 세월의 더께가 우리의 몸과 마음에 차곡차곡 쌓이는 동안, 우리는 저 푸르른 시작에서 얼마나 멀어지는가. 그러나 매 순간 번개처럼 튀어 올라 다시 시작을 선언("재생")하는 삶은 또한 얼마나 아름다운가. 시간의 칼날은 시작의 푸른 힘줄 대신 권태의 실, 죽음의 실을 짠다. 죽음을 거부할 수 없지만, 처음처럼 늘 다시 튀어 오르는 생은 삶/죽음의 경계를 지운다. 그 혼종성(混種性)이 우리 삶의 두께고 깊이다. 그러므로 의연하게 살고 싶은 자들이여, 늘 다시 태어나자. 우리는 "파괴될지언정 패배하지 않는다."(헤밍웨이)

미라보 다리

미라보 다리 아래 센 강이 흐른다
우리 사랑을 나는 다시
되새겨야만 하는가
기쁨은 언제나 슬픔 뒤에 왔었지

밤이 와도 종이 울려도
세월은 가고 나는 남는다

손에 손 잡고 얼굴 오래 바라보자
우리들의 팔로 엮은
다리 밑으로
끝없는 시선에 지친 물결이야 흐르건 말건

밤이 와도 종이 울려도
세월은 가고 나는 남는다

사랑은 가버린다 흐르는 이 물처럼

사랑은 가버린다
이처럼 삶은 느린 것이며
이처럼 희망은 난폭한 것인가

밤이 와도 종이 울려도
세월은 가고 나는 남는다

나날이 지나가고 주일이 지나가고
지나간 시간도
사랑도 돌아오지 않는다
미라보 다리 아래 센 강이 흐른다

밤이 와도 종이 울려도
세월은 가고 나는 남는다

기욤 아폴리네르, 황현산 옮김, 『알코올』, 2010

● 시인 아폴리네르의 사랑은 끝났지만, 이 시 때문에 미라보 다리는 모든 연인들의 "로망(romance)"이 되어버렸다. 가보지도 본 적도 없는 미라보 다리에서 세계의 연인들이 손을 잡고 센 강을 내려다본다. 마지막 밤이 오고 조종(弔鐘)이 울릴 때까지 '손과 손을 붙들고' 우리 사랑하자. 유한성은 바로 그 유한성 때문에 더 애처롭게 빛난다.

●○ 파리에 가보지 않고도 파리의 낭만을 흠뻑 느끼게 하는 시다. 아폴리네르는 이 다리를 건너며 그의 연인 마리 로랑생을 생각했을 것이다. 마리 로랑생은 시인이자 화가였다. 세월도 흐르고 강물도 흐르지만 그는 '괴로움에 이어서 오는 기쁨'을 고대했다. 밤이 오고 죽음의 종이 울려도 마리 로랑생의 '손을 붙들고' 미라보 다리 위에 계속 서 있고 싶었을 것이다. 그러나 아폴리네르는 제1차 세계대전에 참전했다가 부상을 입고 서른여덟의 나이로 사망했다. 미라보 다리 아래 센 강은 지금도 흐르건만, 아폴리네르도 마리 로랑생도 '영원한 눈길' 너머로 사라졌다.

바다의 미풍

오! 육체는 슬퍼라, 그리고 나는 모든 책을 다 읽었노라.
떠나 버리자, 저 멀리 떠나 버리자.
새들은 낯선 거품과 하늘에 벌써 취하였다.
눈매에 비친 해묵은 정원도 그 무엇도
바닷물에 적신 내 마음을 잡아 두지 못하리,
오, 밤이여! 잡아 두지 못하리,
흰빛이 지켜주는 백지, 그 위에 쏟아지는
황폐한 밝음도,
어린아이 젖 먹이는 젊은 아내도,
나는 떠나리! 선부(船夫)여, 그대 돛을 흔들어 세우고 닻을
올려
이국의 자연으로 배를 띄워라.
잔혹한 희망에 시달린 어느 권태는
아직도 손수건의 그 거창한 작별을 믿고 있는지.
그런데, 돛들이 이제 폭풍을 부르니
우리는 어쩌면 바람에 밀려 길 잃고

돛도 없이 돛도 없이, 풍요한 섬도 없이 난파하는가…
그러나, 오 나의 가슴아, 이제 뱃사람들의 노랫소리를 들
어라.

스테판 말라르메, 김화영 옮김, 『목신의 오후』, 1974

● 책(정신)의 지도가 가리키는 길을 육체가 자꾸 가로막는다. 육체는 달콤하고도 어두운 반역의 온상이다. 몸은 영혼과 씨름하며 때로 영혼의 골반을 깊숙이 친다. 몸을 달래며, 몸을 이기며, 몸에 의지하며 사는 것은, 그리하여 마치 '변증법'의 대로를 가는 것 같다. 이 부정(否定)의 부정의 순간이 육체가 슬플 때다.

●○ 육체는 존재의 집이고 감옥이다. 육체는 자주 영혼을 배반한다. 그래서 육체는 슬프다. 지상의 "모든 책"을 다 읽은 후에도 우리는 완성되지 않는다. 유한성을 인정하는 그때, 시인은 '탈주(脫走)'의 목소리를 듣는다. "떠나 버리자," 죽음 같은 밤도, 메워야 할 원고지도 시인을 잡지 못한다. 지성은 오로지 "황폐한 밝음"일 뿐. 그래서 시인은 새가 되어 먼 바다로 떠나길 원한다. 그러나 "낯선 거품과 하늘"에 취해도 육체가 있어 시인을 잡을 것이다. 우리는 육체의 감옥에서 자유를 꿈꾸는 자다.

해

몽골 대평원

만삭의 말이 산통의

죽음에 다다라서

끙,

새끼를 몸 밖으로 밀어내는데

지나가던 구름이 긴 혀를 내밀어 핥아서

일으켜 세우네

김수복, 『하늘 우체국』, 2015

● 자연물들의 황홀한 만남은 모든 피조물들의 뿌리가 하나며, 그 연대(連帶)의 힘이 형제적(자매적) 사랑임을 알게 해준다. 자연이 정복의 대상이 되면서 지구는 황폐해졌다. 바람과 새와 구름과 만삭의 말과 소통하는 법을 다시 배워야 할 때다.

●○ "하늘의 빛나는 별이 우리의 갈 길을 환히 밝혀주던 시대는 얼마나 행복했던가?" 루카치의 말이다. 문명이 개입하면서 우리는 별과 바람과 해와 달빛과 교통하는 것을 잊어버렸다. 머리 싸매고 공부하지 않아도 세상을 이해할 수 있었던 시절은 모두 지나갔다. 간혹 북미 원주민들의 글에서나 우리는 인간과 자연 사이의 황홀한 소통을 만난다. 이 시는 그런 원시적 만남의 한 정점을 노래하고 있다. "만삭의 말이 산통의 / 죽음에 다다라서 / 끙," 하고 새끼를 밀어낼 때, "지나가던 구름이" 그것을 보고 "혀를 내밀어 핥아서 / 일으켜 세"워주다니. 게다가 제목에 나오는 "해"가 이 모습을 내려다보고 있다. "몽골 대평원"에서 벌어지는 일이다. 문학은, 시는 이 사라진 총체성에 대한 노스탤지어다.

한 줌의 도덕

타클라마칸 사막을 횡단하던 도중 중간 휴게소였던가
사막을 길게 가로지르는 도로 한 켠의 수로를 파기 위해,
단 한 명의 인부가 허리 굽힌 채 연신 곡괭이질 해대고,
단 한 명의 감독관이 그걸 바짝 감시하는 풍경과 마주친
어느 여성시인이 버스에 올라타려다 그만 펑펑 울음을 쏟아
냈다

임동확, 『길은 한사코 길을 그리워한다』, 2015

● 잘 위장된 사회의 외피가 벗겨져 당혹스럽게도 폭력의 내장이 들여다보일 때가 있다. 나는 저 나쁜 위계의 어디에 배치되어 있나. 난 누구를 부렸으며 누구에게 부림을 당했는가. 민낯의 현실이 너무 끔찍해서 인류는 수많은 위장 장치들을 끌어들이는데, 그것은 '문화'라는 이름으로 숭고한 외피를 갖는다. 상상을 초월하는 규모의 중세 성당을 보면 그 화려한 예술성에 놀라지만, 그 성당이 지어지기까지의 고단한 손길들을 생각하면 그것이 돌연 고통과 희생의 기념비 같아서 슬퍼진다.

●○ 미셸 푸코의 『감시와 처벌』을 끌어들이지 않아도 세계는 위계와 감시의 거대한 판옵티콘(Panopticon)으로 이루어져 있다. 부리는 사람이 있고 부림을 당하는 사람이 있다. 다만 관계의 다양한 외피들이 이것을 감추고 있는 것이다. 이 시는 그런 노예적 관계가 아무런 위장도 없이 노골적으로 드러나는 풍경을 보여준다. 사막은 위장이 사라진 공간이다. 우리 삶의 이 짐승 같은 민낯을 보고 "어느 여성시인"은 "펑펑" 운다. 타클라마칸 사막은 위구르어로 '들어가면 다시는 나올 수 없다'는 뜻을 가지고 있다. 사람들 사이에 그나마 남아 있을 "한 줌의 도덕"(아도르노)이 소중한 이유가 바로 이것이다.

죽편(竹篇) 1
─여행

여기서부터, 멀―다
칸칸마다 밤이 깊은
푸른 기차를 타고
대꽃이 피는 마을까지
백 년이 걸린다

서정춘, 『캘린더 호수』, 2013

● 서정춘 선생은 말이 넘치는 시대에 '말(言)의 과잉'을 가장 경계(사실은 혐오)하는 시인 중 한 명이다. 입 다물고 있다가, 참다 참다가 핏물처럼 겨우 흘려내는 몇 개의 단어가 그의 시다.

그런 그가 내 시집 『그리운 명륜여인숙』(2015)을 보내드리자, 그 시집에 나오는 「모데라또」라는 시를 이쁜 원고지에 육필로 옮긴 후 낙관을 찍어 보내주신 적이 있다. 그때나 지금이나 일면식도 없는 분이다. 그 글씨가 하도 정감 넘쳐서 액자에 끼워두었다. 감사의 문자를 보내자 선생으로부터 답장이 왔었다. 거기에 쓰였으되, 띄어쓰기도 없이 "시가뭐길래그리고생하셨나요".

●○ 이렇게 짧은 시에 이렇게 많은 내용을 담기도 힘들 것이다. 내가 알기로 서정춘 시인은 가장 말을 아끼는 시인 중 한 명이다. 알고 보면 모두들 "여기서부터" 캄캄하고 아득하게 먼 길을 가고 있다. 각자의 "여기"는 다 다르지만 "칸칸마다 밤이 깊은 / 푸른 기차"를 타고서. 이런 표현은 "밤"의 시니피앙이 달고 있는 부정의 시니피에들, 가령 어두움, 아득함, 출구 없음, 무지, 죽음, 고통 같은 애환의 기의(記意)들을 따뜻하게 덮는다. 남루(襤褸) 같은 우리 삶을 아름답고도 서정적인 풍경으로 위로한다. 그렇지만 누구나 "여행" 중이되 목적지는 다르다. 시인은 '먼―곳'으로 간다. 그곳은 "대꽃이 피는 마을"이라는 이정표를 달고 있다. 그 서늘한 완성에 도달하는 데 "백 년이 걸린다".

바티칸 비너스

이억만 리 떨어진
그대 잠 속에 스며들자
아름다운 비너스를 보았네
매혹적인 자태에
한참을
그 꿈길 걸었네

다시 만날 수 있다면
내 영혼을 불어넣어
그대 깊은 잠 속에서
깨어날 수 있다면,
나 영원히 숨이 멎어도
그대만이 깨어날 수 있다면

나,
그대처럼 차가운 돌이 되어도 좋으리

이철경, 『단 한 명뿐인 세상의 모든 그녀』, 2013

● 문학은 이데아에 언어의 옷을 입히는 것, 그리하여 보이지 않는 것을 보이게 만드는 것이다. 그러나 이데아는 라캉 식으로 말하면 "실재계(the Real)" 같은 것이어서 언어의 그물에 잘 잡히지 않는다. 우리는 그것에 오직 "점근선적(漸近線的, asymptotic)"으로만 가까이 갈 수 있을 뿐, 그것은 늘 도망침으로써 욕구와 욕망을 생산한다. 간단히 말해 잡히지 않으니까 더 갈증이 나는 것이다. 이철경 시인의 「바티칸 비너스」는 이데아(실재)−언어−욕구(욕망)의 이와 같은 작동법을 잘 보여준다.

●○ 그리스 신화의 피그말리온은 탁월한 조각 솜씨로 지상에서 가장 아름다운 여인 갈라테이아를 만들었다. 수많은 화가들과 시인들이 최고의 여성 이데아인 비너스를 그림과 글로 재현했다. 아프로디테(로마 신화의 비너스)가 피그말리온이 만든 조각상에 생명을 불어넣은 것같이, 시인은 이데아인 비너스를 현실로 끌어들이고 싶어 한다. 그 대가로 본인은 "차가운 돌"이 되어도 좋다고 하니 이는 목숨을 건 교환이다. 절대미는 쉽게 가 닿을 수 없다.

눈가루

까마귀가
솔송나무 가지를 흔들어
내게 눈가루를
떨어뜨리니

내 가슴의
기분이 달라지고
내가 후회했던 날의
어떤 부분을 구해주었네

로버트 프로스트, 오민석 옮김

● 자연의 사소한 움직임이 일시에 우리 마음의 풍경을 바꾸어놓는 경우가 있다. 우울이 바람 한 줌을 만나 사라지는 경험. 쏟아지는 눈가루가 죽음을 생으로 전환시키는 경험. 푸른 하늘에서 영원의 의미를 포획하는 경험. 푸르른 난의 잎에서 문장을 발견하는 경험. 그러니 의식하든 못하든 우리는 세상의 모든 만물들과 친척이다. 귀한 것들, 영원해라.

그러고 보니 프로스트의 성('Frost')은 '성에' '서리'라는 뜻이다.

●○ 원문의 솔송나무는 주목류의 상록수지만, 독미나리를 가리키기도 한다. 까마귀 역시 죽음과 공포를 상징하는 새다. 시 속의 화자는 어떤 "후회"의 마음을 가지고 눈이 쌓인 솔송나무 아래에 서 있던 것 같다. 그때 마침 솔송나무 가지 위에 있던 까마귀가 쌓인 눈을 건드려 눈가루가 화자에게 쏟아진다. 프로스트는 이 대목에서도 눈가루를 "dust of snow"라 표현함으로써, 눈가루에 "먼지(티끌)"라는 부정의 색채를 슬쩍 입힌다. 독, 죽음, 먼지의 부정적인 기표들이 "눈"이라는 순백의 기표를 경유하면서 갑자기 시적 화자의 기분을 바꾸어주고 "후회"에서 벗어나게 해준다. 눈가루가 쏟아지는 아주 사소한 일이 어찌 보면 죽음 가까이에 있던 한 사람의 마음을 변화시킨 것이다. 그러니 인생이란 큰 사건으로만 재단할 일이 아니다.

뻐꾸기 울음

진제마을 솔숲 속 무슨 슬픔 귀양 와 사나
무덤들 사이, 바위들 사이
이 마을 솔숲 속 무슨 아픔 쫓겨 와 사나

달빛 부풀어 아까시꽃 지는데
이슬 잦아져 오동꽃 지는데

진제마을 솔숲 속 무슨 절망 머리 풀고 우나
사람들 사이, 짐승들 사이
이 마을 솔숲 속 무슨 설움 쪼아대며 우나.

이은봉, 『걸레옷을 입은 구름』, 2013

● 벌써 30년 하고도 수년이 더 흘렀다. 무정한 세월이다. 진제마을 '둠벙'에서 멱 감다 영문도 모른 채 총 맞아 죽은 소년이 살아 있었다면, 지금 사십 후반의 중년이겠다. 역사의 기차는 너무나 더디 가고, 우리는 서둘러 늙는다. 그리하여 프레드릭 제임슨은 "역사는 우리를 해친다(History hurts)"고 했다. 그래도 기차는 멈추지 않는다. 단지 천천히 갈 뿐.

●○ 단정한 반복법으로 이루어진 이 시를 읽어보면 "진제마을"이 "슬픔" "아픔" "절망" "설움"의 공간임을 금방 알게 된다. 그 설움은 "뻐꾸기 울음"으로 공명을 일으키는데, 텍스트에 설명이 생략되어 있으니 진제마을이 왜 "슬픔"이 "귀양" 와서 사는 곳인지, 왜 "설움 쪼아대며" 우는 곳인지 알 수가 없다. 텍스트 외적인 자료이기 때문에 추정에 불과하지만, 1989년 1월 18일자 어느 기사에 따르면 진제마을은 광주항쟁(1980) 당시 초등학교 4학년 학생이 영문도 모른 채 계엄군의 무차별 난사로 사망한 동네 이름이다. 역사는 가고 설움과 절망만 남아 "뻐꾸기 울음"으로 운다.

강매역江梅驛

서울까지 통학하는
초등학교 삼학년 계집아이가
열차를 놓친 빈 들녘에서
혼자 서럽게 울고 있다
역사도 없는 강매역
이름만 있을 뿐인 빈 들판
하얗게 내린 찬 서리 위로
바람에 나부끼는 억새풀이
눈부시도록 아름답다
모두가 떠난 쓸쓸한 간이역
너와 내가 버려지는 날들이
어디 오늘 하루만이랴
칼바람 서걱대며 우울한 기억을
사정없이 강매强賣하는
십이월의 강매역江梅驛

김용원, 『당신의 말이 들리기 시작했다』, 2013

● 약한 것들의 배후는 노을 같다. 눈길이 가지만 순식간에 잊힌다. 그 긴 그림자에 주목하는 것, 시인의 몫이고 함께 살아가는 자들의 몫이다. 설움은 개별자의 몫도 있지만 반 이상은 시스템의 문제다. 울음이 많은 사회는 위태롭다. 그래서 항상 사회학적 상상력이 필요하다. 윤리도, 철학도, 신앙도 사회성을 상실하는 순간 끝장이거나 나쁜 무기가 된다.

●○ 매화가 피어 있는 강을 연상시키는 이름도 예쁜 간이역에서 "버려지는" 것들을 생각하기. 버려지는 것들 중에는 "초등학교 삼학년 계집아이"의 시간처럼, 매화꽃처럼 귀하고 아름다우나 약하고 힘없는 것들이 많다. 그리하여 버려진 것들의 배후는 늘 서럽다. 강매역은 고양시 행신동에 있는 간이역으로 한때 사라졌다가 얼마 전 다시 주민들 곁으로 돌아왔다. 버려진 것들은 그림자가 길어 자꾸 뒤돌아보게 한다.

산수유꽃

넓은 냄비에 카레를 끓인다

불꽃의 정점에서 불꽃이 핀다

굴참나무 아래 쪽빛 드는 구릉 사이

타닥타닥 산수유꽃 피어나듯

약한 불꽃 가장자리에서부터 오르는 기포

철판도 더 뜨거운 한쪽이 있다니,

나도 그대 앞에선 뜨거운 꽃이지 않던가

세상은 자꾸 배면을 더 할애하지만

억척스레 빛을 끌어다 덮고 열리는 몸

불판 중앙으로 냄비의 위치를 바꿔놓는다

한동안 노란 속살까지 차오르는 뜨거움

누구의 한때도 뜨겁지 않은 삶은 없다

봄날의 빛이 또 산란한다

유독 내 가슴이 먼저 가 닿는 곳

까르르르르

산수유꽃같이 끓어오르는

나를 저어다오

최광임, 『도요새 요리』, 2013

● "팔 밑에 낡은 책을 끼고 / 나는 센 강변을 걸었네 / 강물은 내 고통
과 같아 / 흘러도 흘러도 마르지 않네"(기욤 아폴리네르의 시「마리」
중에서). 평범하게 살 수 없다는 점에서 시인의 삶은 고통이다. 그러
나 시인은 언어를 매혹 아래 둠으로써 스스로 상처를 치유한다. 매혹
의 어머니는 상상력이다.

●○ 카레를 끓이면서 산수유꽃을 피워 올리는 이 '마법'은 오직 시의 언어로만 가능하다. 카레 냄비에서 "굴참나무"도 나오고, "쪽빛 드는 구릉"도 나오고, "뜨거운 꽃"도 나온다. 마법사의 손에서 나오는 저 무성한 것들. "타닥타닥 산수유꽃 피어나듯" 사물을 튀겨내는 저 시의 공장. 엘리엇은 이질적인 것들을 연결시키는 이런 상상력을 "통합된 감수성" 또는 "기상(奇想, conceit)"이라 했다. 기발한 발상으로 죽은 사물들을 새롭게 살려내는 것, 그게 시다.

이니스프리 호도(湖島)

나 이제 일어나 가야겠네, 이니스프리로 가야겠네,
거기에 진흙과 욋가지로 작은 오두막을 짓고,
아홉 이랑의 콩밭을 가꾸고, 꿀벌 한 통 기르며,
벌 소리 요란한 숲 속에 홀로 살리.

그러면 거기에서 얼마간 평화를 얻으리, 왜냐하면 평화는
물방울이 떨어지듯이,
아침의 장막으로부터 귀뚜라미가 우는 곳까지 천천히 오는
것이므로,
한밤엔 온통 희미하게 빛나고, 한낮엔 자줏빛으로 불타오
르며,
저녁엔 홍방울새 날갯짓 소리 가득하리.

나 이제 일어나 가야겠네, 왜냐하면 밤이나 낮이나 항상
내가 호숫가에서 낮은 음으로 철썩이는 물소리를 듣기 때문
이지,

내가 길 위에 있을 때나, 잿빛 포도(鋪道) 위에 있을 때나
나는 내 가슴속 깊은 곳에서 그 소리를 듣네.

윌리엄 버틀러 예이츠, 오민석 옮김

● 마음의 마지막 거처는 어디일까. 돌아가고 싶은 다른 곳이 늘 머릿속에 있다는 것은 지금 이곳에서의 삶이 유랑의 공간에 불과하다는 증거다. 누군가는 이미 그곳에 가 있다. 그러나 가지 못해 그리워하는 공간은 바로 그 '가지 못함' 때문에 더 아득하고 더 아름답다. 예이츠에게는 이니스프리가 그곳이다.

●○ 이니스프리 호도는 아일랜드에 있는 작은 호수 속 섬이다. 예이츠는 1888년, 복잡한 런던 시내를 걷다가 느닷없이 이니스프리를 떠올린다. 그곳은 예이츠가 유년의 여름을 보냈던 추억의 공간이다. 물 안개에 달빛이 퍼져 "한밤엔 온통 희미하게 빛나고", 한낮엔 자줏빛의 히스(heath) 꽃 무리가 물 위에 반사되어 불타오르는 곳, "홍방울새 날갯짓 소리"가 가득한 곳, 그곳을 어찌 잊으리. 시인은 가슴 깊은 곳에서 그 소리를 듣고 있다.

워낭

늘은 소의 잔등 위에 막걸리 한 병 얹어놓고
괜히, 또 쓸데없이
그걸 쓰다듬는 저놈의 노을

한바탕 붉게 울먹이는 건 또 뭐람

김솔, 『상처가 門이다』, 2015

● 고된 노동은 늘 서러워 보이지만 "장엄(莊嚴)"의 편에 서 있기도 하다. 가령 식솔을 위한 헌신적인 노동은 얼마나 가엾도록 아름다운가. 그것은 대가를 요구하지 않으므로 성스럽고, 타자의 만족에서 만족을 찾으므로 숭고하다. 그러니 노동을 착취하는 것은 세상에서 가장 악한 죄 중의 죄다.

●○ "늙은 소"는 오랜 세월의 고된 노동을 상징한다. 늙은 소가 있으면 그것과 함께 살아온 농부가 있을 것이다. 이들은 오로지 몸뚱이 하나로 서러운 세월을 함께 버텨왔다. 짐작컨대 이들이 땀과 눈물을 바쳐 이룩한 것은 고작 생계뿐. "소의 잔등 위에" 있는 "막걸리 한 병"은 이들의 갈증을 풀어주는 겸손한 식사다. 이 풍경이 안쓰러워 노을이 이들을 쓰다듬는다. 이것을 바라보는 또 한 존재가 있으니 바로 시인이다. 시인은 이를 보고 노을이 "한바탕 붉게 울먹"인다고 했다. 늙은 소, 농부, 노을, 시인은 이렇게 해서 하나의 따뜻한 '울음 공동체'가 된다. "워낭" 소리가 이들을 위로한다.

산숙(山宿)

－산중음(山中吟) 1

여인숙이라도 국수집이다

모밀가루포대가 그득하니 쌓인 웃간은 들믄들믄 더웁기도
하다

나는 낡은 국수분틀과 그즈런히 나가 누어서

구석에 데굴데굴하는 목침(木枕)들을 베여보며

이 산(山)골에 들어와서 이 목침들에 새까마니 때를 올리고
간 사람들을 생각한다

그 사람들의 얼굴과 생업(生業)과 마음들을 생각해 본다

백석, 『백석전집』, 2011

● "여인숙"은 "호텔"이나 "여관"보다 뭔가 더 정겨운 느낌을 준다. 여인숙은 유랑과 결핍과 부족(不足)의 시니피앙이고, 사람들은 뭔가 '덜떨어진' 공간에서 무진장 편해진다(왜냐하면 만만하니까). 완벽하고 넘치는 것들은 때로 불편하다. 그래서 여인숙에는 아무래도 뭔가가 결핍인 사람들이 많이 모이고, 그리하여 쓸쓸하고 애처로운 서사들이 쌓인다.

●○ 북방의 어느 산중에 있는 여인숙을 그려보라. "들믄들믄" "그즈런히" 북방 사투리들이 두런거리는 이 여인숙은 국숫집을 겸하고 있다. 시인은 국수분틀 옆에 "나가 누어서" 그 방을 스쳐 간 사람들을 생각한다. "목침들에 새까마니 때를 올리고 간 사람들"은 지금쯤 어느 그늘을 유랑하고 있을까. 아무런 논평도 해석도 없는 이 그림은 조촐해서 정겹고 국수 국물처럼 따뜻하다. 수많은 "얼굴"과 "생업"의 유랑인들이 거쳐 간 산속 여인숙. 거기서 국수 한 그릇 먹고 "그즈런히" 눕고 싶지 않은가.

삼랑진역

낙엽이 쌓여서

뜰은 숙연하다

노인 혼자 벤치에 앉아

안경알을 닦는 사이

기차는 낮달을 싣고

어디론가 가고 있다

이우걸, 『아직도 거기 있다』, 2015

● 기차역은 생을 반추하는 곳. 톨스토이 백작이 죽은 곳도 리페츠크의 간이역 아스타포보였다. 신열에 떨던 백작이 마지막 정거장에서 마지막 숨을 넘기는 동안 금욕의 세기도 마침내 무너졌다. 그는 유토피아를 꿈꾸었으나 성욕과 도박에 무릎을 꿇었다. 현실주의자인 백작의 아내가 황급히 달려갔으나 그의 유토피아는 간이역에서 쓸쓸히 저물었다.

●○ 기차역은 우리 인생이 사실상 '유랑'이며 모든 현재가 '정주(定住)'의 삶이 아님을 지시하는 메타포다. 그 길에 때로 낙엽이 쌓이고 유랑의 끝이 죽음임을 "숙연"하게 알려준다. 종점이 얼마 남지 않은 노인이 "혼자 벤치에 앉아 / 안경알을 닦는" 모습은 그리하여 모든 존재의 미래다. 우리 모두가 금방 사라질 "낮달을 신고 / 어디론가" 가는 시간의 열차에 동승하고 있다면, 같은 운명이라면, 조금 덜 싸우고 지내는 것도 좋을 듯싶다.

나는 아침에게 젖을 물린다

봄빛으로 당신은 내게 옵니다
왜친왜친 붕붕대며 봄 말을 걸고
욜랑욜랑 나폴거리며 봄 춤을 춥니다
그런 당신 맞이하는 나는
흡사 향긋한 바람입니다
나는 순해지고 부드러워지고 아름다워져서
열락의 가슴 드러내고
천지에 초유를 먹입니다

미리내 노래 부르며 자궁 속 꽃들은
어머니의 강 따라 향기 뿜으며
천지 가득 피어납니다

꽃잎 따서 향기 맡으며
내 젖가슴에서 나온 초유를 먹고 있는
유순한 입들

오물오물 젖 빠는 소리 찰지게도 냅니다

시원의 아침

흐뭇한 소리

퉁퉁 불은 내 젖을 천지에 물리는 아침입니다

석연경, 『독수리의 날들』, 2016

● 귄터 그라스의 『넙치』라는 소설을 보면 아우아라 불리는 여자 요리사 이야기가 나온다. 그는 석기시대의 여자로서 세 개의 유방을 가지고 있었고, 모든 남자들이 그로 인해 배가 불렀다. 그 소설에서 한 개도 두 개도 아닌 "세 개"라는 숫자는 '넘침'의 상징이다. 아우아는 "언제나 수유기"였다. 어찌됐든 대지(大地)는 분명 수유하는 어머니다. 모두가 그걸 먹고 자란다. 봄이 쑥쑥 자란다.

●○ 봄은 정지된 것들을 움직이게 하고, 고여 있던 것들을 흐르게 한다. 사물들은 대지(大地)인 어머니의 젖 냄새를 맡고 잠 깬 애벌레처럼 "홰친홰친" "욜랑욜랑" 까불기 시작한다. 오직 순하고 부드럽고 아름답기만 한 어머니는 "초유"를 먹여 만물을 살린다. 이 '살림'의 힘으로 꽃들이 피어난다. 부디 이 못 말리는 에너지가 늘 우리를 밀고 갔으면.

옛집 마당에 꽃피다

옛집 마당을 숨어서 들여다본다

누군가 빈집을 사들여 마당에 텃밭을 가꾸었나
온갖 꽃들이 지천으로 피어 있다

울며 맨발로 뛰쳐나왔던 내 발자국 위에
울음꽃 대신 유채꽃 고추꽃 환하다
어머니 아버지 뒤엉켜 나뒹굴던 자리에도
언제 그랬냐는 듯 깨꽃 메밀꽃 어우러졌다

불화의 기억 속으로 화해가 스민 것인가

가만히 귀 기울이니 식구들 웃음소리 들린다
폭력의 아버지도 눈물의 어머니도
뿔뿔이 흩어졌던 형제들도 모두들 돌아와
마당에 꽃으로 웃고 있다

슬며시 옛집 마당에 들어가 꽃으로 서본다

김선태, 『그늘의 깊이』, 2014

● 산수유, 목련, 벚꽃이 지더니 산당화, 철쭉, 모란이 줄지어 피어난다. 발레리는 "바람이 분다. 살아야겠다"라고 했다. 꽃이 핀다. 살아야겠다.

●○ 과거는 현재에 의해 다시 쓰인다. 상처의 과거가 꽃의 현재로 치환되는 순간, 울음과 싸움이 "유채꽃" "깨꽃"으로 변한다. 과거의 상처가 부끄러워 "숨어서 들여다"보던 주체가 그 과거로 돌아가 꽃으로 변신하는 순간, 세계는 꽃 천지가 된다. 주체를 바꾸고 세계를 변화시키는 것, 꽃의 힘이다.

아이들

뭉텅뭉텅 쏟아 놓은 아이들
아침마다 피는 아카시아 꽃
앞산, 뒷산
정강이에 발등에 아무렇게나 흘러내린
토끼풀 꽃, 찔레꽃
얼굴이 하얀 아이들
바람만 불어도 까르르 까르르
들길을 흔들며
숲길을 흔들며
햇빛 공화국으로
햇빛 네트워크로

심언주, 『4월아, 미안하다』, 2007

● 꽃들이 "까르르 까르르" 웃는 사이 벌써 입하(立夏)다. 한 계절이 또 가고 있구나. 세계는 점점 더 깊어지고 내 문장(文章)은 아직 정처가 없으니 사람을 그리워 말라.

●○ 꽃들이 세상을 덮을 때 세상은 유쾌한 악보가 된다. 어린 음표들이 "까르르 까르르" 웃는 "햇빛 공화국"에서 보내는 한때는 얼마나 큰 위로인가. 세상은 여전히 어지럽고 아픈 텍스트지만, 자연은 어김없이 때맞추어 우리를 방문한다. 그중에서도 만화방창(萬化方暢), 봄의 '위문공연'이 최고다. 잠시 위로받고 세상 속으로 다시 들어가도 좋다.

파문

수심(愁心)만 가득한
수심(水深)을 알 수 없는 저수지 한가운데
달이 빠졌다

저 달덩이가
다 가라앉을 때까지
나 평생
파문을 끌어안고 살리라

이영혜, 『식물성 남자를 찾습니다』, 2014

● 수심(愁心) 없는 인생이 어디 있으랴. 그리하여 파문 없는 인생이 어디 있으랴. 수심과 파문이 불가피한 것이라면 거기에도 이유가 있을 것이다. 내가 당신을 늘 생각하는 이유다.

●○ 시는 이미지로 말한다. 르장드르(Legendre)의 말마따나 "우리 사이에서 우리는 (이미) 이미지"인 것이다. "저수지" / "달덩이"의 두 이미지가 순간적으로 만나 이루는 "파문"을 보라. 깊이를 알 수 없는 "수심(愁心)"은 존재를 늘 파문 상태에 놔둔다. 근심이 완전히 가라앉는 것은 유감스럽게도 (죽음이라는) 종점의 시간에나 가능하다. "평생 / 파문을 끌어안고 살리라"는 선언은, 근심을 아예 존재의 일부로 삼음으로써 그것에 굴복하지 않으려는 의지의 표현이다.

바위사리

바위 하나 굴러 떨어졌네
각으로 세워졌던 삶이
강바닥을 떠돌면서
파도에 휩쓸리면서
바람이 베어가고
햇살이 파내가고
다 내어준 뒤
바위의 몸에서 뭇별 같은 모래알
사리가 쏟아져 나왔네

박순호, 『승부사』, 2015

● 인사동 한 주점에서 벗들을 만나다. 생의 이면까지 서로 다 아는 친구들. 나이 들수록 더 가난해지지 않기를, 안녕하기를, 단련의 "뭇별"처럼 더 강해지기를.

●○ "사리"는 응집이 아니라 해체를 향해 있다. 이런 의미에서 사리는 에로스가 아니라 타나토스(죽음 본능)의 결과다. 바위는 끌어 모으지 않고 (강바닥과 파도, 바람과 햇살에게) "다 내어준"다. 자신을 해체하여 무수한 "뭇별"을 만드는 이 놀라운 '사건'(알랭 바디우). 타나토스는 결국 에로스의 다른 이름이었던 것이다.

매

장작을 자르고 힘들게 끌어당기는 사이, 시가 연기가 트럭
의 운전석을 메운다. 내가 창문을 내리자 마이크가 급브레
이크를 밟으며 소리친다. 저기 봐, 매야. 그는 더 소리쳤으
나 나는 들을 수가 없었다. 매가 눈 덮인 들판으로 쏜살같
이 곤두박질치더니 금세 들쥐 한 마리를 물고 올라왔기 때
문이다. 몇 주 안에 저들도 툰드라를 향해 북쪽으로 떠날 것
이다. 나의 일부분도 저들과 함께 떠나고 싶다. 트럭 바퀴는
다시 앞으로 구르고 나는 여전히 저 하늘 위 어딘가에 있다.

캐머런 스콧, 오민석 옮김

● 헤밍웨이에게 낚시가, 존 덴버에게 록키 마운틴과 그 사이를 흐르는 콜로라도 강이 그러했던 것처럼, 때로 자연이 출구인 경우가 있다. '나'와 자연의 두 층위가 아무런 매개 없이 하나가 될 때 얼마나 황홀한가.

●○ 2016년 '블루 라이트 북 어워드(Blue Light Book Award)' 수상자인 캐머런 스콧은 현역 미국 시인이다. 그는 또한 소문난 낚시광이다. 낚시는 그가 자연과 소통하는 창구다. 자연은 그의 외부가 아니라 일부다. 눈 덮인 들판을 수직으로 하강했다가 다시 창공으로 치고 오르는 매의 동작은 서슬 푸른 결기를 보여준다. 툰드라의 추위조차 압도하는 매의 고독한 위용은 어느새 시인의 일부가 되어 있다. 그가 툰드라에 함께 가고 싶은 이유다.

두 개의 우산

큰 우산과 작은 우산 두 개가
주인을 기다리며
나란히 물방울을 떨어뜨리고 있다

작은 우산을 가진 아이가
커서
큰 우산은 가지겠지만
작은 우산이
커서
큰 우산이 되지는 않는다

나중에는 사람에게서 방치되어 가는
물건의 슬픔
이윽고 물건에서 벗어나는
사람의 슬픔
작은 우산과

언제 헤어졌을까
그때가 전혀 떠오르지 않는
망각의 슬픔

고이케 마사요, 한성례 옮김, 『동트기 전 한 시간』, 2014

● 사물(상품)들 사이의 관계가 인간관계를 "현금 관계(cash nexus)" 로 만들 때, 우리는 그것을 "물화(物化, reification)"라고 부른다. 그런데 거꾸로 사물의 인간화가 이루어지는 경우도 있다. 인간들이 사물에 경험과 사연의 의미소들을 기록하는 경우다.

●○ 인간과 사물은 각기 다른 길을 가지만, 인간은 사물에 의미를 각인한다. 기억의 어떤 순간마다 어떤 사물이 있다. 때로 사물보다 사람이 먼저 세상을 뜬다. 사람이 가고 남은 사물에서, 남은 사람들이 간 사람을 추억한다. "물건에서 벗어나는 / 사람의 슬픔"이 그 물건에 기록되어 있다. 그리하여 사물이 성장하는 것은 기억의 축적에 의해서다. 사람들이 사물에 기억을 기록하기를 멈출 때 "방치되어 가는 / 물건의 슬픔"이 생긴다.

숲

손 위에 올려놓은 씨앗 한 움큼
지금 나는 손바닥 가득 숲을 올려놓은 것이다.
바람이 산수유 열매를 기억하고
구르는 시냇물이
머리카락 단장하듯 나무뿌리 매만질 때
숲이 했던 약속을 맨살로 느끼는 것이다.
별이 나오는 언덕
새소리 풀어놓는 저녁을 위해
농부의 식탁이 푸르게 물드는 때.

김재진, 『누구나 혼자이지 않은 사람은 없다』, 2015

● 팩트보다 믿음이 중요할 때가 있다. 믿음이 팩트를 만든다고 믿고
싶을 때가 있다. 삶의 바닥에 있을 때 이런 증세가 더 심해진다. 한 톨
의 씨앗에서 숲을 보는 것. 그건 분명히 믿음의 힘이다.

●○ 20세기 모더니즘 이후 현세(現世)는 작가들에게 대체로 '악몽'이
었다. 페시미즘이 브랜드가 되어버린 시대에 희망을 말하기란 얼마나
힘든가. 오죽하면 아도르노는 "아우슈비츠 이후에 시를 쓰는 것은 야
만"이라고 말했을까. '희망'을 '불온한' 단어로 만들어버린 시대에 이
시는 청량한 산소 같다. 씨앗에서 "숲이 했던 약속"을 기억하다니. 숲
의 약속을 잊은 사람들에게 씨앗은 발아되지 않는다. (다가올 숲에 대
한) '믿음'이 씨앗을 터뜨린다.

초사흘

그물코가 뚝뚝 끊어질듯
차, 오르던 숭어는 가고
낡은 배 한 척
바람에 삐거덕거린다
노을이 벌겋게 내린
강은, 몹시 출렁인다
청둥오리 푸드덕
강을 가르며 날아올라
어둑한 하늘에 별이,
튀밥처럼 터진다

오삼록, 『바람의 길』, 2015

● 단어들이 모여 풍경을 만드는 모습은 얼마나 매혹적인가. 언어는 실재(the Real) 위를 넘나들며 또 다른 실재를 만든다. 매혹은 이 두 개의 실재, 이중주(二重奏) 사이에 존재한다. 시여, 영원하라.

●○ 자연은 이처럼 아름다워서 숭어, 낡은 배, 바람, 노을, 강, 청둥오리로 이어지다가, 마침내 "하늘에 별이, 튀밥처럼" 터지는 풍경을 연출한다. 워즈워스는 시를 "강력한 감정의 자연스러운 범람"이라고 했다. 자연의 건반들이 흥을 못 이겨 "몹시" 출렁일 때, 별이 터지듯 시가 올 때가 있다. 사람의 마을에서 사랑에 굶주릴 때, 잠깐이라도 "노을이 벌겋게 내린 / 강"에 가서 "그물코"를 "뚝뚝" 끊는 숭어를 만나고 올 일이다.

앙코르와트 가는 길

자기 키보다 더 큰 노를 저어
한 소녀가 톤래삽 강을 건넌다.
때마침 연잎처럼 생긴 이파리 위에서
백로 몇 마리가 다리쉼을 한 채
무심한 세월을 굽어보고 있다.
한사코 뭔가를 이룩해보겠다고
비명 소리를 내지르던 날들아
결국 나에게 무엇을 안겨주었나.
강 저편 구릉을 따라
한줄기 스콜이 지나가고
벌거숭이 소년들이 달려와
손수건을 마구 마구 흔들어준다.
돌미나리처럼 상큼한 햇살이
뱃머리 위로 일제히 쏟아져 내려
앞가슴을 툭, 치고 지나간다.
내 살아온 욕망의 뼈를 묻으려

옛 맹세도 서른 번씩 다짐하며
캄보디아 앙코르와트 가는 길
저 너머 슬픈 짐승의 세월만큼
천년 된 그 미소가 날 껴안아줄까.

이승철, 『당산철교 위에서』, 2005

● 욕망이 덧씌워지지 않은 자연은 늘 훌륭한 교과서다. 그것과 가까이 있을 때 참 존재의 기쁨을 느낀다. 상대적으로 재화가 부족한 곳에서 우리는 그러한 존재들을 더 많이 만난다. 우리가 구하는 것과 진짜 필요한 것 사이의 거리가 멀다는 뜻이다.

●○ "욕망의 존재 이유는 욕망으로서의 욕망 자체를 재생산하는 것이다."(슬라보예 지젝) 욕망은 결코 충족되지 않는다. 욕망 지배의 세계가 "비명 소리"로 가득 차 있는 이유가 바로 이것이다. "톤래삵" 강을 건너는 소녀, "연잎처럼 생긴 이파리 위에서" 무심하게 "다리쉼"을 하고 있는 백로들, 스콜이 지나가자 달려 나온 "벌거숭이 소년들"은 욕망의 옷을 벗은 자들의 평화와 고요한 환희를 보여준다. 바깥을 사유(思惟)할 때, 안이 보인다.

아침 시

펴낸날	초판 1쇄 2016년 8월 24일

지은이	오민석
펴낸이	심만수
펴낸곳	(주)살림출판사
출판등록	1989년 11월 1일 제9–210호

주소	경기도 파주시 광인사길 30
전화	031–955–1350 팩스 031–624–1356
홈페이지	http://www.sallimbooks.com
이메일	book@sallimbooks.com

ISBN 978-89-522-3463-6   03810

※ 값은 뒤표지에 있습니다.
※ 잘못 만들어진 책은 구입하신 서점에서 바꾸어 드립니다.

이 도서의 국립중앙도서관 출판시도서목록(CIP)은 서지정보유통지원시스템 홈페이지
(http://seoji.nl.go.kr)와 국가자료공동목록시스템(http://www.nl.go.kr/kolisnet)에서
이용하실 수 있습니다.(CIP제어번호: CIP2016018439)

책임편집·교정교열 성한경·배정아